EDITORA Labrador

CARLOS CARVALHO

CARTAS MARCADAS

A morte se aproxima e você não sabe de onde vem o perigo...

Copyright © 2023 de Carlos Carvalho
Todos os direitos desta edição reservados à Editora Labrador.

Coordenação editorial
Pamela Oliveira

Assistência editorial
Leticia Oliveira
Jaqueline Corrêa

Projeto gráfico e capa
Amanda Chagas

Diagramação
Lira Editorial

Preparação de texto
Carla Sacrato

Revisão
Vinícius E. Russi

Imagens da capa
Gerada em prompt Midjourney e fotografia por Amanda Chagas

Imagem de miolo
Amanda Chagas

Dados Internacionais de Catalogação na Publicação (CIP)
Jéssica de Oliveira Molinari - CRB-8/9852

Carvalho, Carlos
   Cartas marcadas / Carlos Carvalho. — São Paulo : Labrador, 2023.
   160 p.

ISBN 978-65-5625-361-9

1. Ficção brasileira 2. Crime I. Título

23-3637   CDD B869.3

Índice para catálogo sistemático:
1. Ficção brasileira

EDITORA
Labrador

Editora Labrador
Diretor editorial: Daniel Pinsky
Rua Dr. José Elias, 520
Alto da Lapa – 05083-030
São Paulo – SP
+55 (11) 3641-7446
contato@editoralabrador.com.br
www.editoralabrador.com.br

A reprodução de qualquer parte desta obra é ilegal e configura uma apropriação indevida dos direitos intelectuais e patrimoniais do autor. A editora não é responsável pelo conteúdo deste livro.
Esta é uma obra de ficção. Qualquer semelhança com nomes, pessoas, fatos ou situações da vida real será mera coincidência.

Dedico este livro a todos aqueles que me ajudaram nessa caminhada como escritor, meu filho, minha esposa, minha mãe, minhas irmãs, tios, primos, sobrinhos, cunhados, amigos e aos companheiros da Labrador. Em especial a meu pai, que já não está mais conosco.

O CHAMADO

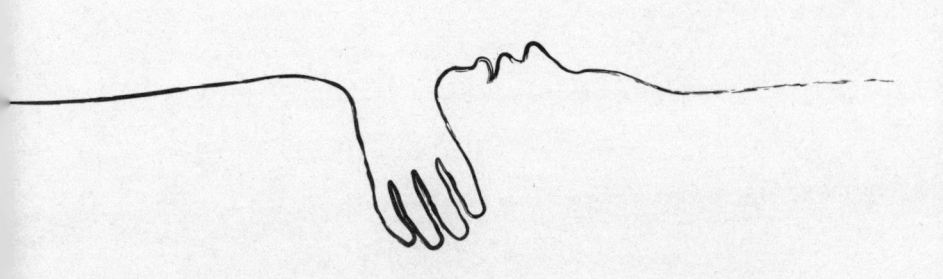

Era uma hora da manhã quando o telefone tocou ao lado da cama de Ticão. Num primeiro momento ele preferiu ignorar o barulho, mas a insistência do toque fez com que ele acabasse atendendo o chamado.

— Ticão, sou eu... — falou a voz do outro lado da linha, sem nem esperar ele dizer alô.

— Cara, o que está acontecendo? — respondeu, reconhecendo a voz do interlocutor.

— Pintou uma sujeirinha aqui, precisamos da sua ajuda agora.

— Fala — disse Ticão enquanto se sentava na beira da cama, brigando contra o sono. — Cacete. Vocês só arrumam merda — disparou após ouvir a história.

Depois de refletir por um momento, Ticão continuou a falar.

— Saiam daí, me esperem em algum lugar próximo. Em mais ou menos uma hora estarei aí para resolver tudo — falou, desligando o telefone.

Essa vida é muito complicada, pensou. Era bem remunerado pelo trabalho que fazia, mas era difícil, só confusão. E a coisa estava ficando cada vez mais pesada. Precisava tomar uma providência. Mas só poderia pensar nisso depois, agora era hora de limpar mais uma sujeira e com urgência.

UM CORPO

Luciano estava em seu primeiro plantão como delegado substituto na Delegacia de Homicídios da cidade do Rio de Janeiro, quando o investigador Décio entrou em sua sala para comunicar um chamado.

— Delegado, temos uma ocorrência. Outro assassinato em Copacabana. O pessoal da 12ª Delegacia de Polícia está achando melhor darmos um pulinho lá, pois, pelo que eles descreveram, é um caso bem parecido com o ocorrido há alguns dias — informou Décio.

— Isso não é um bom sinal. Vamos lá ver o que aconteceu — falou Luciano abrindo a gaveta para pegar sua arma.

Teriam que atravessar boa parte da cidade, sair da Barra da Tijuca até Copacabana, mas Luciano ficou bastante interessado nesse chamado. Ele suspeitava que havia uma relação entre os casos, isso poderia indicar um caminho, já que o caso anterior continuava um mistério. Nenhuma pista havia surgido até agora.

Tudo o que eles haviam apurado até o momento é que a mulher, na faixa dos vinte e cinco anos, prostituta, que fazia ponto em Copacabana, chamava-se Virginia. Muito bonita e sexy, já com alguns anos de profissão no calçadão, foi encontrada morta no apartamento que dividia com uma colega. Ninguém viu ou ouviu nada. Nenhuma impressão digital foi encontrada. Morta por estrangulamento. Tudo o que a autópsia constatou é que ela havia consumido uma boa dose de vinho.

A mulher havia sido morta há dias, e eles não haviam conseguido nenhum progresso. Era seu primeiro caso como delegado substituto na Divisão de Homicídios, e essa dificuldade em obter algum avanço estava incomodando Luciano.

Depois de um bom tempo chegaram ao local, já havia dois carros da Polícia Militar na porta. Subiram direto para o apartamento.

— A mulher está no quarto. Ao que tudo indica, foi estrangulada — falou o PM que guardava a entrada do local.

— Como vocês foram avisados? — perguntou Luciano.

— Bem, delegado, foi uma "amiguinha" da morta. Ela chegou, entrou e encontrou a mulher no quarto.

— Como ela entrou?

— Segundo ela, com uma chave que tinha. Ela tem acesso livre ao apartamento.

— O pessoal da perícia já chegou? — indagou Décio.

— Não. Acho que ainda vão demorar um pouco.

— Tudo bem — falou Luciano. — Vamos ver o que temos aqui. Décio vá conversar com essa amiga, enquanto dou uma olhada no corpo.

— A *menina* está lá na cozinha — falou o policial com um sorriso no rosto.

— Onde está a graça? — perguntou Luciano.
— Na amiguinha, delegado. É uma bichona, um tremendo traveco.
— Porra. E precisa fazer piada por causa disso? Trabalha em Copacabana e parece que nunca viu um travesti — falou o delegado irritado.
— Deixa pra lá, delegado. Vamos trabalhar — falou Décio se dirigindo à cozinha.

Luciano olhou em volta. O apartamento era minúsculo, um quarto e uma sala. Deveria ter, no máximo, quarenta metros quadrados. O quarto estava sendo guardado pelo outro policial militar, que se afastou para que ele entrasse.

Ele parou na porta do quarto para observar o cadáver. A mulher estava estendida sobre a cama, deitada de barriga para cima, da mesma forma que haviam encontrado a outra. Ele se aproximou e verificou que havia uma moeda pousada sobre a boca dela. Além disso reparou em um cacho de uva ao lado do corpo. Ela estava vestida e com o cabelo arrumado, assim como a outra prostitua assassinada.

Será que estamos lidando com um louco, um serial killer?, pensou ele.

Luciano se ajoelhou ao lado da cama e ficou observando o rosto da mulher. Ela estava com os olhos abertos. Teve a sensação de que suplicava por ajuda, como se estivesse pedindo socorro. Um pedido desesperado por justiça. Ele se aproximou do rosto dela, o cheiro de vinho era evidente. Após alguns segundos ele se levantou. Olhou em volta. Sua mente fervilhava. Precisou de uns minutos para se recuperar.

Acho que estou ficando velho para essas coisas, pensou. Achou melhor sair do quarto. Foi até a cozinha, para ver como Décio estava se saindo com o amigo da mulher.

— Esse aqui é a Paulette, delegado. Foi ele quem achou o corpo — falou Décio.

— Por que você veio até aqui? — perguntou Luciano.

— Bem — falou Paulette, mostrando uma certa contrariedade por ter que repetir, mais uma vez, sua história. — Eu venho sempre aqui. Sou amiga da Marilza há muitos anos, tanto que tenho a chave do apartamento dela, como ela tem do meu. E depois do que aconteceu com a Virginia, a Marilza não ficou bem, tinha medo de ficar aqui sozinha. Eu estava passando todos os dias para ver como ela estava.

— Virginia foi a moça morta na semana passada? — perguntou o delegado.

— Isso, ela mesmo.

— Havia algum motivo especial para você vir até aqui hoje?

— Não. Atendi a um cliente mais cedo e resolvi ver como ela estava. Então, liguei para o celular dela, mas estava só na caixa postal. — Ela deu uma parada para tomar fôlego.

— O celular estava na caixa postal e... — encorajou o delegado.

— E... eu sabia que ela tinha um cliente hoje à tarde. Mas sabia que estaria livre à noite, já tínhamos conversado pela manhã. Então tínhamos combinado que iríamos dar uma volta pelo calçadão, bater um papo e respirar um pouco o ar fresco da praia, para espairecer.

— E você veio até aqui, para procurá-la?

— Isso mesmo. Vim procurar por ela.

— Você mora aqui perto?

— Moro aqui no prédio mesmo, coração. No quinto andar, três andares abaixo.

— Quando foi a última vez que você a viu? — perguntou o delegado.

— Ontem, no início da tarde. Encontrei com ela na portaria do prédio, ela estava de saída. Nos falamos rapidamente.

— Você conhecia a Marilza há muito tempo? — perguntou Luciano.

— Há uns oito anos mais ou menos, éramos amigas.

— E vocês eram amigas mesmo? — perguntou Décio. — Não brigavam por causa de clientes?

— Não misturamos assuntos profissionais com pessoais. Nossos pontos são diferentes aqui em Copacabana e respeitamos o espaço uma da outra — falou Paulette parecendo ofendida com a pergunta.

— E você também era amiga da Virginia?

— Eu me dava bem com ela, mas era mais próxima da Marilza. Acho que era uma questão de idade, a Virginia era mais novinha, a Marilza, mais velha, era uma mulher mais madura. Nos dávamos bem.

— Você disse que não brigavam por causa de clientes, mas conversavam sobre eles? — indagou Luciano.

— Sobre alguns. Não falávamos sobre todos eles, não daria tempo para mais nada, coração. Mas conversávamos sobre algumas aventuras que enfrentamos em nossa profissão, essas coisas.

— Você sabe se a Marilza tem parentes? — perguntou Décio.

— Olha, está aí uma coisa sobre a qual a Marilza não gostava de falar. Ela sempre foi muito reservada sobre essa coisa de família.

— Com licença, delegado — interrompeu o policial militar.

— O pessoal da perícia já chegou.

— Tudo bem. Já estou indo lá. Obrigado, por ora é tudo. Vamos ver o que o pessoal da perícia tem a nos dizer. Depois você vai conosco até a delegacia para prestar depoimento — falou o delegado se dirigindo a Paulette.

— Mas eu já disse tudo que sabia.

— Com certeza, mas precisamos formalizar isso, tomar o seu depoimento formalmente, afinal foi você quem encontrou a vítima. Vamos conversar com mais calma na delegacia — afirmou Luciano.

— É bom ir pensando em tudo direitinho para abrir bem essa boca — acrescentou Décio.

— Vamos, Décio. Vamos ver o que o pessoal da perícia tem a dizer — falou o delegado cortando o assunto.

Os dois voltaram para o quarto, onde o perito criminal já trabalhava, debruçado sobre o corpo.

— E então, Luís, como está? — falou Luciano.

— Como vai, delegado? — cumprimentou o perito. — Ela foi estrangulada, com toda a certeza. Agora, o interessante é que o assassino arrumou o corpo depois de cometer o homicídio. Com certeza ela não estava nesta posição quando foi morta.

— Qual seria a explicação para esse fato? — indagou Luciano mais para si do que para os outros.

— Não faço a menor ideia, delegado. Mas está muito parecido com o caso da semana passada, eu diria que os dois casos são idênticos. As duas foram estranguladas, e depois os corpos colocados na mesma posição. O criminoso se deu ao trabalho de arrumar os corpos na cama, como se elas estivessem dormindo. Até os cabelos fez questão de ajeitar. É bem estranho. E tem essa questão da moeda e do vinho, parece um ritual, vou pesquisar sobre isso.

— Coisa de um maníaco? — indagou Décio.

— Pode ser. Não dá para ter certeza, mas é possível, sim. Se não foi a mesma pessoa, essa de hoje sabe exatamente o que a outra fez na semana passada. Muito improvável, só pode ser obra da mesma pessoa.

— Mais alguma coisa. Achou algum documento? — perguntou Luciano.

— Sim, uma carteira de motorista. Marilza Soares, trinta e cinco anos. Até agora é tudo o que tenho. Vou continuar o trabalho e amanhã mando o relatório completo — respondeu o perito.

— Ok, Luís. Aguardo seu retorno — falou o delegado.

Antes de sair do quarto, Luciano ficou mais um momento diante do corpo da mulher, examinando cada traço dela. Ficou olhando seu rosto, sem vida, que ainda parecia clamar por socorro.

— Vamos, delegado — chamou Décio.

— Vamos, ainda temos muito trabalho a fazer.

Os homens saíram do quarto, chamaram Paulette e rumaram para a delegacia. Luciano olhou o relógio, três. A noite seria longa para eles.

NA DELEGACIA

Luciano levou Paulette para sua sala. Serviu-se de uma caneca de café e ofereceu a ela. Depois, sentou-se de frente para a travesti.
— Bem, Paulette. Agora somos nós.
— O que você quer dizer com isso?
— Que preciso da sua ajuda. Preciso que você me conte tudo o que sabe sobre a Marilza. Sobre seus clientes, sua vida. Tudo o que souber vai ser muito importante para nos ajudar neste caso. E, também, sobre a Virginia.
— Na verdade, não sei muita coisa sobre a Virginia. Como eu disse, delegado, eu era próxima da Marilza. Ela era uma pessoa reservada, não falava muito sobre si, sobre o passado. Não gostava quando as pessoas perguntavam sobre suas origens, mudava logo de assunto. O que sei é que ela era da Pavuna, se não me engano, e estava na vida há muitos anos.
— Você sabe como ela foi parar nessa vida? — indagou Luciano.

— Não. Pelo que ela falou, acho que foi quando ainda era *de menor*.

— Vocês se conheciam há muito tempo?

— Uns oito, nove anos. Logo que vim trabalhar nessa área, conheci a Marilza. Ela me ajudou muito. Me ensinou muitos truques. Ela era uma pessoa muito boa, gostava de ajudar os outros. Não era do tipo competitiva, que faz tudo para passar as outras para trás e arrumar mais clientes. Depois que você a conhecia, era difícil acreditar que estivesse nessa vida. Se alguém merecia coisa melhor, esse alguém era ela. Ela ajudou muito a Virginia, deu abrigo quando ela baixou lá em Copa, proteção mesmo, a vida é difícil para quem está começando — falou Paulette.

Luciano ficou alguns segundos refletindo sobre o que ela acabara de dizer. Depois retomou o interrogatório.

— Ela era muito conhecida nesta área?

— Claro que era, delegado. Ela era bem conhecida por todos, até pelos policiais. E era muito respeitada.

— Bem, e sobre a clientela dela, o que pode me dizer? — indagou Luciano.

— O que posso lhe dizer é que a Marilza era uma excelente profissional. Tinha muitos clientes fixos, até alguns de farda, seus coleguinhas. Dificilmente ficava sozinha. Marilza era uma mulher muito bonita, inteligente, sabia se comportar em qualquer ambiente. Cuidava muito do corpo, mas também da cabeça, era antenada, entendia de vários assuntos. Até de futebol falava. E, como eu disse, era ótima profissional. Alguns caras e umas mulheres também não trocavam ela por nenhuma outra, eram fiéis. — Paulette deu um sorriso amarelo.

— Você sabe alguns nomes? — perguntou Luciano.

— Delegado, esse negócio de nomes é muito complicado, o senhor sabe disso. A maioria nem fala o nome ou dá nome falso. Ninguém se identifica.
— Nem clientes antigos?
— É difícil lembrar, delegado — tentou se esquivar a travesti.
— Paulette, eu sei que esse negócio de nomes é complicado. Entendo que ninguém mostra carteira de identidade para vocês. Mas, por outro lado, também sei que muitas de vocês possuem clientes fiéis, você mesmo falou isso. E com relação a estes sempre surge um comentário. Você disse que conversavam muito — falou Luciano.
— Ai, delegado. Vou entrar numa roubada...
— Numa roubada você já está, Paulette. A Marilza está morta, você esteve lá e encontrou o corpo. Não há como fugir desse fato. Você é peça importante nesse caso. Não quero complicar sua vida, mas preciso investigar mais essa morte. Aliás, essas mortes. Estou fazendo um pedido. Ninguém vai ficar sabendo quais nomes você vai me dar. E você terá que prestar depoimento de qualquer forma — dizendo isso, Luciano entregou um pedaço de papel e uma caneta para Paulette.
— Oh, vida desgraçada. Por que logo eu tinha que me envolver nesse rolo? Tudo bem, delegado. A Marilza merece o sacrifício. Agora, ninguém pode saber que eu estou metida nisso ou você acaba comigo — dizendo isso, Paulette pegou o papel e a caneta e começou a escrever.
— Pode ficar tranquilo, ninguém vai ficar sabendo a origem da informação. Só um nome? — perguntou o delegado olhando o papel.
— Qual é, delegado. O senhor acha que ficamos passando os nomes dos nossos clientes umas para as outras? Tá maluco, né?

— Não acredito nisso.
— Delegado, esse cara aí é policial, trabalha lá na área e estava sempre atrás das meninas, sabe como é.
— Um cafetão?
— Exato, ele levava dinheiro de todo mundo em troca de proteção.
— Não protegeu muito bem as duas. Onde eu posso encontrar o cara?
— Na décima segunda — falou a travesti.
— Agora me conte sobre o dia de hoje — pediu o delegado.
— Bem, tínhamos conversado ontem, e eu sabia que ela não teria clientes à noite, assim como eu. Era a primeira noite em que Marilza iria dormir no apartamento depois da morte da Virginia, e ela estava assustada com isso. Combinamos de nos encontrar lá no calçadão para jogar conversa fora, para suavizar o clima. Lá pelas sete, quando ia sair de casa, resolvi ligar para ela para irmos juntas. O telefone só dava fora de área. Decidi subir e passar no apartamento dela. Toquei várias vezes, mas ninguém atendeu.
— E por que você decidiu abrir a porta?
— Porque, apesar de ela não atender, pude ver que havia luz por baixo da porta. Achei estranho e resolvi entrar.
— Você encontrou o corpo daquele jeito?
— Sim. Foi horrível. Ela lá, deitada, esticada na cama. Morta — falou ela escondendo o rosto entre as mãos.
— Foi você quem ligou para a polícia?
— Foi sim. Liguei do meu celular, lá do apartamento dela mesmo.
— Você disse que ela era uma pessoa muito querida, mas está morta, assassinada. Sabe se existia alguém que tivesse problemas com ela, alguma diferença, alguma rixa?

— Não que eu saiba, delegado. A Marilza era uma pessoa muito bem-vista no meio. Não sei de ninguém que não gostasse dela.

— E a relação dela com a Virginia?

— Como eu disse, a Marilza a acolheu, adotou a Virginia quando ela apareceu em Copacabana. É muito difícil chegar e se estabelecer naquele ambiente quando você não conhece ninguém, é um estranho. Esse era o caso da Virginia. Ela era muito menina, então a Marilza a adotou e abriu as portas para ela. Eu diria que foi a fada madrinha da Virginia.

— Alguma briga entre as duas?

— Não que eu saiba. A Virginia era muito grata à Marilza e fazia tudo por ela. Nunca vi ou soube que as duas tivessem discutido alguma vez.

— Há quanto tempo as duas se conheciam?

— Desde que a Virginia apareceu em Copa, isso tem uns seis anos.

— Ok, Paulette. Por enquanto é só. Escreva aqui seu telefone, caso precisemos falar com você — falou Luciano devolvendo o papel para a travesti. — Vou deixar o número do meu celular com você. Qualquer coisa é só me ligar.

Depois de escrever o número do telefone, Paulette deixou a sala. Luciano trancou a porta, se sentou em sua cadeira e analisou o nome que a travesti havia escrito. Depois de algum tempo, colocou o papel sobre a mesa e ficou parado, com o olhar perdido. Ele recostou na cadeira e fechou os olhos. O rosto de Marilza não saía de sua mente. A súplica em seus olhos. Esse caso seria complicado, disso ele sabia. Na verdade, esses casos, pois ele tinha certeza de que as duas ocorrências tinham relação direta.

Luciano ainda estava pensando na mulher quando Décio bateu na porta.

— E então, delegado? O que o viadinho disse de útil? — perguntou Décio depois que o delegado abriu a porta.

— Pare com essa porra de ficar xingando o sujeito toda hora. Que se foda se ele é homem ou mulher. Por enquanto o que importa é que ele é a única pessoa que temos nesse caso.

— Tudo bem, delegado. Deixa isso para lá. O que ele disse?

— Que sabe pouca coisa. Que ela veio da Pavuna há muitos anos, mas não gostava de falar do passado. Era muito bem-vista pelas colegas, era respeitada por todas. Disse que ela tinha alguns clientes importantes, mas não sabe nomes. Só me deu esse aqui — disse, mostrando o papel para Décio antes de continuar a falar. — Segundo Paulette, Marilza e Virginia se davam muito bem. A Marilza foi uma espécie de madrinha para a Virginia. Segundo ele, Marilza era educada, inteligente, capaz de frequentar vários ambientes — completou.

— O senhor não vai dar uma pressão nesse cara? Com certeza ele sabe mais.

— Por enquanto não. Vamos começar por esse nome e ver se conseguimos alguma coisa. Depois voltamos a falar com Paulette.

O policial passou os olhos pelo papel duas vezes antes de falar.

— Não parece grande coisa, mas é o que temos.

— Então, vamos começar por aqui. Pegue o Marcus Vinícius e o Paulinho para ajudarem você. Vamos verificar a ficha deste policial e ver com quem estamos lidando. Quero que colham informações com o pessoal do prédio onde elas moravam. Conversem com o porteiro e vizinhos. Vamos ver se conseguimos levantar os movimentos da Marilza e verificar se ela foi vista entrando com alguém, se existiam frequentadores assíduos ao apartamento dela. Tudo que for possível saber.

— Isso vai ser complicado, delegado. O entra e sai nesses prédios é intenso. Dificilmente o porteiro vai lembrar de quem entrou e saiu e para onde foi — ponderou Décio.

— Muitas coisas esses caras registram sim. Vamos explorar todas as possibilidades. Quero gente também no calçadão levantando a vida dela. Que lugares frequentava e com quem andava.

— Quanto tempo temos para fazer tudo isso?

— Eu quero esse levantamento o mais rápido possível. Amanhã quero vocês na rua.

— Tudo bem, delegado. Pode deixar comigo. Vou colocar o pessoal para começar a trabalhar logo.

— Outra coisa. Quero que vocês fiquem de olho no Paulette. Ele sabe mais do que disse, quero ficar de olho nele, principalmente depois que localizarmos nosso amigo policial.

— Tranquilo, vou orientar o pessoal e ficar de olho nele.

— Ótimo. Por ora é tudo.

— Ok, delegado. Nos vemos na segunda. Bom fim de semana e procure descansar.

— Bom fim de semana para você também, Décio. Se descobrir alguma coisa amanhã, me ligue.

Depois que Décio deixou a sala, Luciano se levantou e ficou andando de um lado para o outro. *Infelizmente, agora não há o que fazer. O jeito é ir para casa*, pensou ele, apagando a luz e saindo.

Em casa

Depois de passar o plantão, Luciano saiu da delegacia, pegou o carro e foi para casa. Com o dia clareando e o trânsito livre, foi rápido chegar. O trajeto agora era longo, da Barra para Santa Tereza, onde residia, o que não o agradava nem um pouco, mas no momento não havia o que fazer.

Chegando em casa, foi direto para o banho. Ficou longos minutos embaixo do chuveiro, deixando a água escorrer sobre o corpo. Depois, como já estava amanhecendo, fez um café e sentou-se no sofá para tentar relaxar. Mas não conseguiu. Foi para a cama sentindo a cabeça pesada.

Levantou-se às onze horas da manhã de sábado. Dormira pouco e sentia o corpo cansado. Tomou outro café e pegou o telefone. A primeira coisa a fazer era ligar para o perito e buscar informações mais detalhadas sobre a morte de Marilza.

— Bom dia, delegado. Ainda não fizeram a autópsia nela. Sabe como é, muito corpo e pouca gente para trabalhar, fica complicado. Creio que o corpo seja liberado ainda hoje, só não sei a hora — respondeu o perito de plantão, que era um velho conhecido.

— Alguém esteve por aí, algum parente para tratar da liberação do corpo?

— Não, só as colegas de trabalho.

— Tudo bem. Faça um favor, me avise quando o corpo estiver liberado.

— Pode deixar, ligo para você.

— Obrigado.

O delegado passou a tarde em casa. Por volta das dezessete horas recebeu o telefonema de Marcelo, seu amigo do Instituto Médico Legal (IML).

— Luciano, o corpo foi liberado.

— Você sabe para onde vai?

— Ainda deve demorar um pouco para sair, você sabe como as coisas funcionam. Mas, pelo que eu soube, está indo para o cemitério do Catumbi.

— Obrigado, Marcelo. Um abraço.

— Outro. Precisando, estamos às ordens.

No cemitério

Na manhã de domingo, Luciano estava no cemitério do Catumbi. Não foi difícil localizar o corpo de Marilza. Logo que entrou na capela, encontrou Paulette. A travesti pareceu pouco à vontade quando avistou o delegado.

Luciano se aproximou do corpo. Ela agora estava com os olhos fechados, mas ele ainda tinha, na memória, a expressão do olhar dela.

Uma voz feminina retirou Luciano dos seus pensamentos.

— Com licença.

— Pois não — falou ele mecanicamente.

— Você era amigo da Marilza? — perguntou a mulher.

— Sou policial, estou investigando o caso — respondeu prontamente.

— Isso é bom. Espero que consiga descobrir quem fez isso com ela.

— Eu também espero. E você, quem é?

— Diana.

— Você era amiga dela?
— Muito... — A frase ficou incompleta.
— Sou Luciano. Delegado Luciano.
— Muito prazer, delegado.
— Podemos conversar um pouco?
— Claro.
— Vamos tomar um café.

Eles saíram da capela e se dirigiram à cantina. Luciano permaneceu um tempo em silêncio, enquanto o café era servido. Depois voltou a falar.

— Me diga uma coisa. Você sabe se a Marilza tinha algum inimigo?

— Não, delegado. Até onde eu sei, ela era muito querida. Nunca soube de ninguém que quisesse fazer mal a ela.

— Pois é, foi exatamente isso que ouvi antes. No entanto, alguém a estrangulou.

— Eu entendo o que você quer dizer, mas é a mais pura verdade. Marilza sempre foi muito respeitada. É claro que na nossa profissão muitas vezes temos problemas com outras colegas por causa da concorrência, algumas vezes desentendimentos com clientes, mas ela quase nunca se metia em confusões. Pelo contrário, ela sempre defendia que fôssemos unidas.

— Uma líder sindical?

— Não exatamente. Ela só achava que não adiantava ficarmos brigando entre nós. Dizia que já éramos massacradas o bastante e que precisávamos estar sempre juntas para nos defendermos. Engraçado. Ela dizia sempre que prostituta não tem família, que nossa única família são as colegas de trabalho, por isso, precisávamos cuidar umas das outras.

Luciano esperou alguns segundos antes de fazer outra pergunta.

— Entendi. Mas você conhecia alguma colega que recentemente tenha tido algum problema com ela?
— Só uma menina, a Marcelle. Na verdade, o problema não foi nem com a Marilza, foi com outras meninas. A Marcelle arrumou uma sequência de confusões, e a Marilza, como uma pessoa muito respeitada, resolveu intervir. As duas tiveram uma discussão, e, depois disso, Marcelle sumiu de Copacabana.
— Há quanto tempo ocorreu esse incidente?
— Há pouco mais de dois mês, eu acho.
— Algo mais, além desse problema com essa Marcelle?
— Não que eu me lembre.
— Há quanto tempo você conhecia a Marilza?
— Uns doze anos, um pouco mais.
— Vocês eram confidentes?
— Eu não diria confidentes. Acho que nessa profissão não temos confidentes. Mas temos pessoas nas quais podemos confiar e com quem podemos contar. Eu e a Marilza confiávamos uma na outra.
— O que você sabe da vida dela?
— Ela trabalhava em Copacabana há muitos anos, nos conhecemos logo que começamos a trabalhar lá. Chegamos na mesma época.
— E sobre o passado dela, a família, ela falava alguma coisa?
— O que ela me disse era que tinha saído de casa aos dezesseis anos. Na verdade, foi expulsa quando o pai descobriu que ela estava grávida.
— E a criança?
— Ela abortou logo depois. Não tinha como assumir isso. O namorado se mandou, e o pai a expulsou de casa. Ela não tinha o que fazer, abortou. Depois correu o mundo. Se virou

para não morrer de fome, até cair na prostituição. Foi aí que veio para Copacabana.

— E você sabe se ela mantinha contato com alguém da família?

— Não que eu saiba. Ela guardava muita mágoa deles. Do pai porque a expulsou, da mãe e dos irmãos que nada fizeram.

— Ela falava com frequência no assunto?

— Muito pouco, nem mesmo com os mais próximos.

— Ela gostava muito do Paulette?

— Gostava. Ele está sempre conosco. Gosta de estar por perto. Ajuda muitas de nós com a maquiagem, essas coisas. Acho que ele gosta de estar com a gente.

— Ele tinha uma chave do apartamento da Marilza?

— Acho que sim. Uma vez a ouvi comentando algo nesse sentido.

— O que você sabe sobre os clientes dela? Gente importante?

— Olha, delegado... Muitas de nós acabamos atendendo pessoas conhecidas. Artistas, juízes, políticos, policiais, isso é comum. São pessoas que nos procuram, mas que também não gostam de aparecer. Sabe como é, imagine a fofoca que daria um figurão metido com prostitutas. Nós só servimos dentro de um quarto e mais nada. Por isso, na maioria das vezes, procuramos manter o nome dos clientes em segredo, para evitar problema. Afinal de contas, esses, em geral, pagam muito bem. E muitos se apresentam com nomes falsos.

— Mas ela chegou a mencionar algum nome?

— Inspetor, eu posso lhe dar dois nomes que eu sei. Mas vai ser ruim para você correr atrás desse pessoal, pois quem tem grana e é importante sempre se safa. Quem vai se preocupar com uma puta que foi estrangulada?

— Deixe que eu me preocupo com isso.

— E quem disse que você tem essa moral toda? Pensa que eu não sei como as coisas funcionam?

— Já disse que com isso eu me preocupo. Me dê os nomes que você sabe e deixe o resto por minha conta.

Diana parou alguns segundos, olhou fixamente para o copinho de plástico, no qual bebera o café, antes de começar a falar.

— Estou colocando o meu na reta falando com você, mas que se dane, a Marilza merece a consideração. Agora, lembre-se de uma coisa: eu não disse nada.

Falando isso ela se aproximou do rosto do policial e sussurrou as informações no seu ouvido.

Luciano ficou parado por alguns segundos. Realmente, se Diana estivesse falando a verdade, a coisa ia ficar complicada quando começassem a investigar esse pessoal.

— Você tem certeza? — perguntou ele.

— Tenho. Já mediu o tamanho da encrenca, não é? Pode perguntar ao Paulette, ele sabe.

— O Paulette também sabe?

— Sabe. Paulette sabe de tudo, meu amor. As meninas não resistem e acabam contando tudo para ele.

— Tudo bem. Já tenho por onde começar. Pegue meu cartão, qualquer coisa de que se lembrar ou caso precise de algo, me ligue. Qual o número do seu telefone?

Diana pegou o cartão enquanto passava ao policial seu número.

— Espero que você realmente esteja disposto a investigar alguma coisa — disse ela.

— Pode estar certa de que estou — retrucou o investigador.

Nesse momento tocou um sino. Era hora do enterro, o cortejo já ia sair.

— Preciso ir. Foi um prazer, delegado — disse ela.

— O prazer foi meu. Fique em contato e se cuide.

A mulher se afastou para acompanhar o cortejo. Luciano preferiu ficar longe. Pelo visto apenas as colegas de profissão estavam presentes. Nem sinal de alguém que se parecesse com o policial amigo de Marilza. Achou melhor não se aproximar. Acompanhou de longe quando o corpo foi baixado na sepultura. Saiu discretamente pela lateral, contornando os túmulos. Já do lado de fora, antes de entrar no carro, ligou para Décio.

— Pode falar, delegado.

— Você já esteve com o Paulette?

— Não. Estou pensando em dar um pulo hoje à noite lá no calçadão para conversar com o sujeito. Por quê?

— Ótimo. Então converse bem direitinho, pois ele está escondendo o jogo. Paulette sabe muito mais do passado dela do que disse e também sabe com quem ela andava. Comece a apertar um pouco ele.

— Deixa comigo. Vou ter uma conversa bem bacana com ele.

Depois de desligar o telefone, Luciano entrou no carro e voltou para casa.

• • •

Assim que terminou o enterro, Diana saiu do cemitério apressada. Não gostava daquele ambiente. Sempre que era possível evitava enterros. Era algo que detestava. Se despediu das colegas e saiu. Estava deprimida com a morte de Marilza e não queria falar com ninguém. Já estava do lado de fora quando sentiu seu braço sendo puxado. Era Paulette.

— O que o policial queria com você?

— Fazer perguntas sobre a Marilza, o que mais seria?
— Você não falou nada demais, não?
— Como assim, Paulette? O que você quer dizer com isso?
— Estou perguntando se você não falou nada que possa nos comprometer.
— Nos comprometer como?
— Você sabe o que estou falando, Diana. Para esse pessoal, somos lixo. Ninguém liga se uma prostituta foi morta. Isso, para eles, é estatística. Pra gente é desgraça.
— Mas ela foi assassinada, alguém precisa fazer alguma coisa. Você não acha que ela faria isso por nós?
— Esquece isso, porra. Eu adorava a Marilza, mas ela já foi. Agora é tarde. Não podemos fazer mais nada, só nos protegermos ou ainda sobra pra gente. Amanhã acabam acusando uma de nós e fica tudo por isso mesmo.
— Filho da puta. Você é um ingrato. Depois de tudo que ela fez por você, nem ajudar na investigação da morte dela você quer?
— Não se trata disso. A questão é de sobrevivência. Isso é o essencial, estar vivo. É isso que eu pretendo fazer, ficar bem vivinha.
— Canalha.
— Escuta aqui, piranha. Se você quer ajudar a polícia, por gratidão ou por qualquer outra razão, tudo bem. Mas embarca sozinha nesse barco, me deixa fora dessa. Se quer afundar, afunda. Mas vai só.
— Me larga, você está me machucando seu viado escroto — gritou Diana enquanto tentava soltar seu braço.
Paulette largou o braço da mulher e se afastou, não sem antes ameaçar uma última vez.
— Tudo bem, coração. Está avisada. Me deixa fora dessa.

As demais colegas, que esperavam Paulette, observavam a cena de longe.

Diana ficou parada mais um tempo ali, assustada com o comportamento de Paulette. Depois entrou no primeiro táxi que viu e voltou para Copacabana.

Em Copacabana

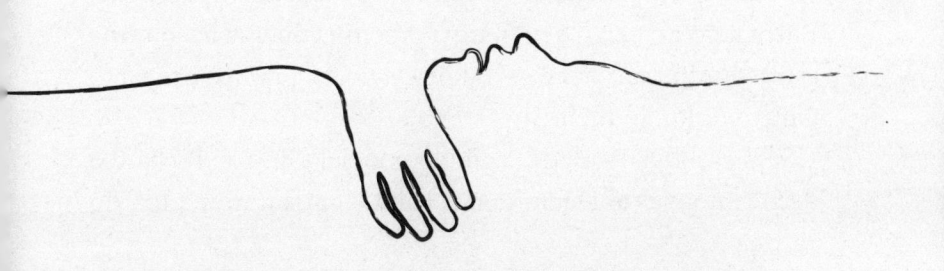

No domingo à noite, por volta das oito horas, Paulette tinha acabado de fazer um programa, atendera a um jovem em seu apartamento, na rua Barata Ribeiro. Saiu do prédio, mas não chegou à esquina, sendo abordada por um homem que reconheceu como o policial que estivera na ocorrência da morte da Marilza com o delegado.

— Como vai, Paulette? — perguntou Décio.
— Bem, obrigada. E você, bonitão?
— Bem. Você tem um minutinho para podermos conversar?
— Agora infelizmente não posso, estou trabalhando.

A travesti tentou seguir pela calçada para dobrar a esquina, mas o policial se colocou na frente, deixando-a presa entre seu corpo e a parede de um prédio.

— O que você quer? — perguntou Paulette.
— Conversar um pouco, só isso.
— Não temos nada para conversar. Eu já disse tudo o que sabia.

— Disse mesmo? O delegado acha que sim, mas eu tenho a impressão que não. Por isso resolvi vir até aqui falar com você. Tenho certeza de que pode nos ajudar.

— Só que hoje não dá, estou muito ocupada. — Mais uma vez Paulette tentou se desvencilhar do policial, sem sucesso.

— Chega de palhaçada, porra. Estou perdendo a paciência. Entra logo no carro e nem uma gracinha ou vou acabar me estressando com você — falou Décio enquanto um carro parava junto ao meio-fio.

Sem escolha, Paulette seguiu o policial e entrou no banco de trás do carro. Décio deu a volta e entrou no banco do carona.

— Esse aqui é o Marcão, colega nosso da polícia — apresentou Décio.

— O que vocês querem de mim afinal?

— Já disse que queremos conversar. Vou explicar uma coisa para você, Paulette. O delegado é um cara muito rígido, mas extremamente correto. Ele gosta de esclarecer seus casos rapidamente e de fazer justiça. Então é fogo trabalhar com ele, precisamos mostrar resultado. Só que, para isso, precisamos contar com a colaboração dos amigos. Se cada um contar o que sabe, resolvemos o caso logo e fica tudo bem. O delegado fica feliz conosco e isso é bom. Melhor ainda é que, se resolvemos o caso, ninguém mais se machuca, ninguém mais morre.

— Mas eu já disse tudo o que sei — tentou mais uma vez Paulette.

— Agora — continuou Décio, ignorando a fala da travesti, —, se os amigos não colaboram, fica difícil resolver o caso. Aí o delegado fica puto da vida e pega no nosso pé. E vou te contar uma coisa, garanto que você não vai querer ver o delegado puto da vida. Cara, ele vai apertar nosso pescoço. Você não sabe do que ele é capaz. Por isso, estou aqui para conversar numa boa com você, como amigo mesmo. Porque se o delegado nos apertar, nós vamos ter que apertar você. É a lei da física, entendeu?

A essa altura o carro já tinha atingido o Aterro do Flamengo em direção ao centro. Entre a enseada de Botafogo e a praia do Flamengo, eles pegaram um recuo e pararam próximo ao mar, o mais longe possível da pista.

— Bem, agora podemos conversar com calma — falou Décio, que havia passado para o banco de trás, sentando-se ao lado de Paulette.

— Mas eu já disse tudo que eu sabia para o delegado.

— Chega, porra — falou irritado Décio. — Estou cansando dessa palhaçada. Vamos falar sério. Primeiro quero saber por que você mentiu para o delegado dizendo que não sabia do passado da Marilza.

— Eu sei coisas genéricas que ela dizia. Sei que ela veio da Pavuna, foi expulsa de casa pelo pai porque engravidou. Depois ela abortou e caiu na vida.

— E sobre os clientes dela?

— Eu não sei. Juro. Não sei de nada.

— Não sabe mesmo? — disse Décio.

— Eu não sei de nada. O que você quer? Pelo amor de Deus — implorou Paulette.

— Vamos sair do carro — disse Décio empurrando-a para fora.

O policial parou, olhando para Paulette.

— Olha só, estou perdendo a paciência com você. Isso não é bom. Então, vou dar uma volta para me acalmar enquanto você conversa com o Marcus Vinícius.

Décio se afastou e deixou Paulette ali, sozinha com o outro policial. A travesti estava assustada. Não sabia o que estava para acontecer pois não conhecia o outro policial.

Marcus Vinícius se aproximou de Paulette, pegou-a pelo braço e a fez sentar num banco de cimento. Retirou do bolso um pedaço de papel e o entregou à travesti.

— Olhe esses dois nomes aí. Quero saber se eles eram clientes da Marilza e qual era a relação deles.

Paulette olhou o papel com toda a atenção. Não sabia quanto tempo podia durar a gentileza daquele homem de mais de um metro e noventa de altura. Resolveu arriscar.

— Eu não sei muito sobre os casos da Marilza. Eu... — Ela não completou a frase, pois o policial havia levantado a mão direita, fazendo um sinal para que parasse de falar.

— Sem essa, cara. Tá me achando com cara de otário? — perguntou Marcus Vinícius com a voz suave.

— Eu, eu... — balbuciou a travesti.

— Não me faça perder a paciência com você. Até agora estou falando com educação. O delegado não gosta de violência, não aprova esse tipo de comportamento. Mas, por outro lado, como o Décio já falou, ele é muito exigente conosco. Precisamos mostrar serviço, e você não está colaborando conosco. Aí fica difícil. Só queremos uma pequena ajudinha. — A voz serena do policial assustava ainda mais Paulette.

— Tá bom, tá bom. Eu falo. Mas, por favor, sem violência.

Marcus Vinícius cruzou os braços, esperando pelo que a travesti iria dizer. Décio desencostou da árvore e tornou a se aproximar deles.

— E, então, Paulette? Os dois eram clientes da Marilza? — perguntou Décio.

— Eram sim, os dois.

— E qual era a parada? Era coisa séria? Foi só um casinho, uma única vez?

— A mulher era coisa séria. O garoto era cliente assíduo, mas acho que não tanto quanto a mulher. Mas os dois eram clientes dela, sim.

— O que mais? Qual era a parada deles, era só sexo ou tinha algo mais?

— Não sei.

— Sem essa, Paulette. Já chegamos até aqui, agora desembucha tudo. Vamos logo. Não temos todo o tempo do mundo.

A travesti ficou alguns segundos encarando os dois policiais, decidindo o que fazer.

— Tudo bem — falou, fazendo uma pausa antes de prosseguir. — A Marilza me disse que a juíza estava gamada nela, mas que tinha muito medo do caso, pois isso poderia abalar sua reputação e acabar com a sua carreira. Imagine uma juíza homossexual e que tem caso com uma prostituta.

— E como elas se encontravam?

— Não sei onde. Só sei que ela não vinha até o apartamento da Marilza. Era muito cuidadosa. Elas se encontravam onde a juíza marcava. Acho que ela sempre marcava em lugares diferentes para não levantar suspeita.

— E o garotão?

— Esse é um porra louca, muitas meninas o conhecem em Copacabana, já pegou um monte, doido de pedra. Também andou com a Marilza, mas não sei qual era a situação entre eles. Não vale porra nenhuma, adora fazer umas festinhas com uns amigos e também adora um pó.

— Sei. E a Marilza também curtia pó com ele?

— Não, cara. Ela não se metia com nada desse tipo. Para essas coisas, ela era muito careta.
— O que mais? — perguntou Marcus Vinícius.
— É tudo o que eu sei.
— Eles faziam confidências para a Marilza? Alguma vez ela chegou a falar algo nesse sentido com você?
— Nada demais. Com a juíza era a questão do medo de ser descoberta. Marilza reclamava que às vezes ela parecia paranoica com isso. No caso do garoto, ela só aturava por conta do dinheiro, pois ele era um mané, daqueles que fazem merda e se escondem atrás do papai.
— Mais alguma coisa?
— Não. Já disse tudo o que eu sabia. Eu juro, não tem mais nada — Paulette abaixou a cabeça.
Décio olhou para a travesti por alguns segundos. Chegou a pensar que talvez estivesse falando a verdade e que não deveria forçar mais a barra, pelo menos por ora. De qualquer forma, já haviam conseguido algumas informações interessantes. Agora teriam que buscar o que faltava com os próprios figurões. Mas isso já seria outra história. Fez um sinal com a cabeça para Marcus Vinícius.
— Tudo bem, Paulette. Tá liberado — falou ele. — Pode ir embora. Mas se eu descobrir que você mentiu para mim ou que não falou tudo o que sabe, nós três vamos voltar a conversar. Estamos entendidos?
— Estamos sim. Entendi tudinho. Pode ficar tranquilo que não tenho mais nada a dizer.
— Então, até a vista. Não vamos poder oferecer carona, pois estamos indo para o outro lado.
Os policiais saíram, deixando Paulette sentada no banco. O rosto coberto pelas mãos. Como eles sabiam desses dois?

Isso só pode ter sido coisa da Diana. Aquela filha da puta. Eu tinha avisado para ela não falar demais. Agora vai foder a porra toda. Mas ela me paga, pensou ela.

    Paulette finalmente tomou coragem para se levantar do banco e caminhou lentamente em direção à Praia de Botafogo.

NA DELEGACIA

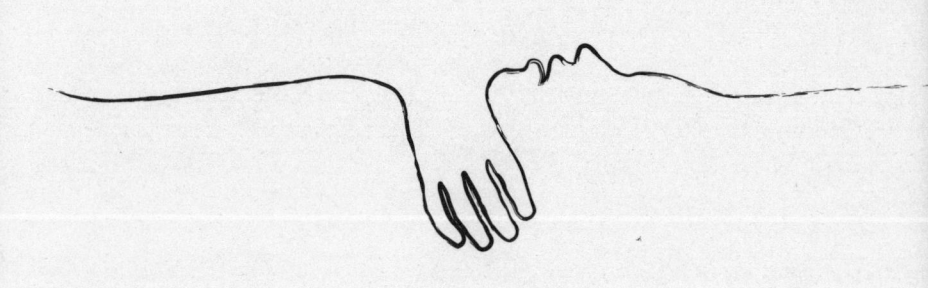

Na segunda-feira, logo cedo, Luciano já estava na delegacia reunido com Décio. O delegado sabia que o dia seria puxado, havia muito a fazer. Primeiro precisava saber o que Décio havia levantado.

— Então, Décio, como foi a conversa com Paulette?
— O senhor quer sinceridade, delegado?
— Claro.
— Aquele cara é um filho da puta. Chorou a morte da Marilza, mentiu para você e ontem tentou de todas as formas fugir da conversa.
— E o que ele disse?

Décio narrou a conversa com Paulette. As tentativas da travesti de falar o mínimo possível e depois o que ela acabou confessando, a confirmação dos clientes importantes de Marilza, tanto da juíza como do garotão filho do político.

Luciano ouviu a narrativa de Décio sem fazer nenhum comentário.

— Como o senhor pode ver, esse cara tem o que esconder. Tenho certeza de que ele ainda sabe mais do que falou, mas achei melhor não pressionar demais.

— Vocês não o agrediram, certo?

— Não, inspetor, nem de longe pegamos pesado. Só fizemos um pouco de pressão, e ele abriu o bico.

— Então ele confirmou a história da Diana?

— Com certeza. Pelo jeito ele era mais próximo da Marilza do que falou. Ele deve saber mais ainda. Acho que, se formos aumentando a pressão lentamente, ele abre a boca geral.

— Eu também acho, mas vamos deixá-lo quieto por enquanto.

— O senhor é quem sabe.

— Temos coisas mais importantes para nos preocupar.

— Por exemplo?

— Vamos ter que convencer o delegado titular de que precisamos chegar junto da juíza e do garoto. O problema é que por enquanto temos muito pouco.

— É, inspetor, realmente essa parte vai feder geral. Quando colocarmos o delegado titular a par de tudo o que aconteceu, ele vai acabar de arrancar os cabelos, que já não são muitos.

Luciano não pôde deixar de rir da piada. Mas Décio estava certo, sabia que seria complicado obter autorização para seguirem em frente com aquela investigação, precisavam de mais elementos.

— O que o senhor acha? — perguntou Décio.

— Bom, seguindo o que Paulette diz, acho que devemos nos concentrar no garoto. Vamos levantar a ficha dele, ver se é criador de caso mesmo. A juíza se encaixa no caso da Marilza, mas e no caso da Virginia? Se os casos estão interligados, seria mais difícil envolver a juíza nisso. Vamos ter que agir com cautela. Primeiro levante as informações sobre o garotão, discretamente.

— Pode deixar. Ah, delegado, o Luís deixou o relatório da perícia.

— O que diz de conclusivo?

— Ela realmente foi estrangulada. Segundo ele, ela praticamente não reagiu. Eles encontraram impressões digitais no copo, mas eram da Marilza. Aparentemente nada foi roubado, nem nada fora do lugar. O apartamento não foi arrombado, nenhum sinal de nada ter sido forçado, nada de anormal. O horário da morte é estimado entre as dezesseis e as dezoito horas.

— Isso é tudo?

— Só mais um detalhe. Eles encontraram vinho no sangue dela, como no caso da Virginia, e outra substância, uma espécie de sonífero.

— Era de se esperar, por isso não houve reação — falou o delegado. — E quanto ao policial?

— O currículo dele está aqui. O cara é dos bons, a ficha é extensa. Está envolvido com prostitutas, travestis e tudo que tem de ruim em Copacabana.

— Bela figura. Bem, faça contato com o pessoal da 12ª e peça que nos repassem todas as informações possíveis sobre a morte da outra mulher. Diga que estamos querendo conferir as informações, pois achamos que os casos podem estar relacionados. Depois quero conversar com o nosso amigo policial. Como é mesmo o nome dele?

— Thiago de Souza, mas é conhecido nas redondezas como Ticão — respondeu Décio.

— Ticão, isso lá é apelido?

— Para o senhor ver, olha só o apelido que a "autoridade" usa. Já viu policial se chamar Ticão? Bem, o que o senhor vai fazer agora?

— Consiga para mim as informações sobre a primeira morta. Quero voltar aos detalhes desse caso antes. Depois vamos atrás do tal do Ticão.

— É pra já, delegado — dizendo isso, Décio saiu da sala.

Em Copacabana

Já passava das quatro da tarde da segunda-feira quando Paulette conseguiu encontrar Diana. Estava na porta do prédio havia mais de duas horas esperando que a mulher chegasse. Ela vinha com outras duas meninas.

— Você por aqui? — perguntou ela.
— Pois é — retrucou Paulette. — Precisamos conversar.
— Diga.
— Aqui não. Vamos subir para o seu apartamento — falou a travesti.
— Paulette, não dá. Estou com pressa, tenho cliente às seis e não tenho muito tempo.
— Agora você está apressada? Pois precisamos falar.
— Então fale logo de uma vez o que você quer e me deixe ir trabalhar.
— Quem tem que falar é você, Diana. Porra, por que você tinha que abrir a boca para o delegado? Agora ele está no meu pé.

— Como assim? — falou ela olhando para as meninas.

— Ele mandou uns policiais atrás de mim ontem. Queriam que eu confirmasse se duas pessoas eram freguesas da Marilza.

— Eu sei, eu dei os nomes pra ele.

— Você está louca? Quer nos matar? Se você quer enfiar a cabeça na forca, problema seu, agora me deixa fora disso — falou a travesti alterando o tom de voz.

— Fale baixo, Paulette. O que você queria que eu fizesse? A Marilza era nossa amiga, nos ajudou muito. Queria que eu ficasse calada?

— Claro. A Marilza era tudo de bom, mas ela foi e nós ficamos. Agora, se você ficar abrindo essa boca grande, daqui a pouco nós vamos acabar encontrando com ela.

— Fica frio. É só você deixar a polícia trabalhar. Uma dessas pessoas pode ter matado ela. Vai dar tudo certo.

— E se matou o que podemos fazer? São figurões, pessoas com influência. Nós somos mulheres da vida. Se começarem a investigar essas pessoas, a merda vai feder, e você sabe quem acaba pagando a conta. Vai ferrar a vida de todo mundo aqui, eles vão cair em cima da gente.

— Agora é tarde, não adianta ficar aí reclamando. Já falei e espero que ele corra atrás dessas pessoas. Confie em mim.

— Você está completamente louca. Perdeu a porra do juízo. Vai dar cagada. Eu não quero nem saber, tô fora de confusão. Eu não sei de nada, me esquece.

— Covarde. Agora vai fugir. A Marilza sempre estendeu a mão quando você precisou.

— Nada do que fizermos vai trazer ela de volta, mas podemos nos ferrar se descobrirem quem abriu a boca. — A travesti, que a essa altura estava transtornada, segurou o braço de

Diana com força enquanto falava. — Não quero nem saber, sua louca. Estou fora dessa confusão. Me deixe fora disso ou você vai se arrepender.

Diana precisou de um grande esforço para se soltar.

— Viado ingrato. Pois se quer fugir, fuja. Pode ficar tranquilo que ninguém vai saber que você falou com a polícia. Vai embora, some da minha frente.

— Vou mesmo. E não esqueça, me deixe fora disso!

Dizendo isso, Paulette virou as costas e se afastou o mais rápido que pôde.

Andou rapidamente em direção ao calçadão de Copacabana, precisava respirar ar puro para colocar os pensamentos em ordem. As duas meninas observaram tudo em silêncio, preocupadas com o que ouviam e com a briga das duas.

Que confusão que a Diana arrumou, pensou ela. Paulette tinha uma grande preocupação: Ticão. Sabia muito bem o quanto Ticão podia ser violento. Bom, pelo menos, se tudo desse errado, poderia escapar colocando a culpa toda em Diana. Se Ticão acreditasse nela, poderia até sair bem dessa história. Pensando dessa forma, conseguiu se acalmar um pouco.

Enquanto Paulette caminhava pelo calçadão, Diana foi para casa tomar um banho e se preparar para o primeiro cliente da noite.

Esse Paulette é um safado. Mas deixa pra lá. Fiz o que tinha que fazer. Agora é esperar para ver o que vai acontecer.

Por outro lado, sabia que, a partir de agora, precisaria ficar atenta aos movimentos dela. O cara era um picareta de marca maior e iria fazer qualquer coisa para sair bem dessa história. Mas agora já era tarde. Paulette não tinha mais como fugir, e ela iria cuidar para que ele não pudesse sair de cena, pelo menos não antes de o caso estar resolvido. No momento, o que precisava fazer era esquecer um pouco toda essa história e se concentrar nos clientes que teria ao longo da noite.

DE NOVO EM COPACABANA

Na manhã seguinte, Décio chegou com a ficha do outro homicídio.

— Aqui está, delegado, são as informações sobre o outro caso — falou o policial.

— Deixe-me ver. — Luciano avaliou cuidadosamente o material. Depois de ler e reler, voltou a falar. — Virginia, vinte e cinco anos. Pela apuração feita pelos policiais, trabalhava em Copacabana há algum tempo. Vivia com a nossa amiga Marilza há uns dois anos. Ficou um tempo perdida por ali, até que foi "adotada" pela Marilza.

O delegado ficou observando a foto.

— Engraçado — falou o delegado.

— O quê? — indagou Décio.

— Esse outro nome, Marcelle. Tenho certeza de que ouvi há pouco tempo, mas não lembro onde.

Luciano continuava observando a foto enquanto pensava.

Depois de alguns momentos, soltou uma exclamação:

— Cacete!
— O que foi, delegado?
— Porra, estamos marcando bobeira. Marcelle foi o nome mencionado pela Diana, a amiga da Marilza, no cemitério. Segundo ela, foi a mulher que brigou com a Marilza há pouco mais de dois meses e sumiu de Copacabana.

Luciano procurou alguns papéis na gaveta. Separou um deles, pegou o telefone e discou o número anotado nele.

— Alô — falou Luciano assim que a ligação foi atendida.
— Pode falar — respondeu a voz sonolenta do outro lado da linha.
— Diana?
— Sim.
— É o delegado Luciano.
— Olá, delegado, como vai? Alguma novidade?
— Avançamos em algumas coisas. Preciso encontrar com você. Tenho um ponto que preciso esclarecer e acredito que possa me ajudar.
— Tudo bem. Como podemos fazer?
— Podemos nos encontrar daqui a uma hora e meia aí em Copacabana?
— Tudo bem. Anote o nome de um barzinho aqui perto do calçadão.

Luciano anotou o endereço.

— Te vejo daqui a pouco.
— Estarei aguardando, delegado.
— Qual é o plano, delegado? — perguntou Décio assim que Luciano desligou o telefone.
— Vamos até Copacabana encontrar a Diana. Quero saber mais sobre essa Marcelle, isso pode nos levar a uma pista. Depois vamos atrás do Ticão.

Os dois policiais rumaram em direção a Copacabana. Duas horas depois estavam encontrando Diana.

— Então, delegado, quais são as novidades?

— Esse aqui é o investigador Décio, trabalha comigo. — A mulher fez um aceno para o policial. — No dia do enterro da Marilza, lá no cemitério, você falou sobre uma Marcelle, que teria brigado com várias meninas, inclusive com a Marilza. O que sabe sobre ela? — indagou Luciano.

Diana pensou um pouco antes de falar.

— O que a maioria sabe, chegou aqui no calçadão há poucos anos, assim como várias outras garotas. Mas é uma pessoa difícil, vive criando problema com as colegas.

— Na investigação sobre a morte da Virginia, levantamos a informação de que ela e a Marcelle vieram juntas para cá. Você sabe algo sobre isso? — perguntou Luciano.

Antes de responder, Diana bebeu um pouco de água.

— Ouvi falar isso também. O problema, delegado, é que muitas garotas chegam e depois desaparecem. Algumas ficam por aqui, outras somem.

— E a Marcelle? Foi ela quem trouxe a Virginia para o calçadão? — insistiu o delegado.

— Sim, foi ela. Isso é comum por aqui, alguém chega, fica um tempo, se estabelece. Depois, quando uma amiga precisa de ajuda, você estende a mão e a traz pra cá. Foi isso que a Marcelle fez com a Virginia.

— Pelo que fiquei sabendo, a Virginia ficou pouco tempo sob a influência da Marcelle, foi "adotada" pela Marilza — falou Luciano.

— Isso. A Marcelle não é má pessoa, mas é complicada, difícil de se lidar. A Marilza tinha essa mania de ajudar e defender os mais fracos, acabou "adotando" a Virginia, como você disse.

— Como podemos encontrar a Marcelle? — perguntou Décio, falando pela primeira vez.

— Ela está meio sumida desde a última briga que teve com algumas meninas e que terminou na discussão com a Marilza. Vou procurar saber dela e aviso vocês.

— Obrigado.

— O senhor acha que os casos estão relacionados?

— É muito provável. Os casos são idênticos, as mortes ocorreram no mesmo lugar, se deram da mesma forma, é muito difícil que não tenham relação.

— Meu Deus, que coisa horrível — exclamou Diana.

— Você sabe o motivo da briga da Marcelle com a Marilza? — perguntou Décio.

— O que eu sei é que o problema da Marcelle não foi com a Marilza, foi com outras meninas, por causa de cliente. Como eu disse, a Marcelle é uma pessoa difícil de se lidar. A Marilza entrou na discussão para evitar problemas maiores. Brigas de prostitutas no calçadão acabam chamando a atenção da polícia e ninguém gosta disso, espanta a clientela. A Marilza entrou para acalmar os ânimos. Como não recebeu apoio de ninguém nessa parada, a Marcelle deu uma sumida. Já tem um tempo que não a vejo — falou ela.

— Você pode tentar descobrir algo mais? — perguntou o delegado.

— Vou sondar para ver se descubro algo.

— Só mudando um pouco de assunto, você conhece um policial chamado Ticão?

Ele teve a impressão de que a mulher teve um sobressalto ao ouvir o nome, mas foi algo bem sutil.

— Todos em Copacabana conhecem o Ticão — falou ela.

— O que você pode nos dizer sobre ele?

— Nada.
— Nada?
— Sim, nada. Ticão é uma pessoa sobre a qual é melhor você não falar. É mais seguro.
— Entendi. Vive por Copacabana?
— Sim, ele vive aqui em Copacabana.
— Ele está metido com a prostituição?
— Delegado, vou lhe dizer uma coisa, tudo que existe de ilegal em Copacabana tem o dedo do Ticão. Se ele souber que estou falando dele com o senhor, estou ferrada. Todos têm medo dele.
— Entendi. Ok, qualquer coisa que souber, faça contato comigo.
— Pode deixar.
Diana deixou os dois policiais no bar e foi embora.
— O que acha, delegado? O Ticão parece ser um tremendo casca grossa.
— É verdade, Décio. Mas tem um lado positivo nessa história. Se tudo aqui tem o dedo do Ticão, ele deve saber de tudo o que acontece na área dele — respondeu Luciano.
— E agora? O que vamos fazer?
— Vamos atrás do nosso amigo Ticão.
Os dois foram para a 12ª DP atrás de informações sobre o policial.
— Então vocês estão atrás do Ticão? — perguntou o delegado que os atendeu, conhecido de Luciano.
— Isso mesmo, Paulo — respondeu Luciano.
— Ele está metido em alguma encrenca?
— Na verdade, ainda não sabemos. O fato é que vocês nos passaram um caso de homicídio de uma prostituta aqui de Copacabana. Duas, na verdade — explicou Luciano.

— A Marilza e a Virginia.

— Você as conhecia?

— A Marilza era bem conhecida por aqui. Prostituta, mas muito respeitada. Por isso passamos a bola para vocês, para ver se de fora vocês conseguem investigar de uma forma mais adequada do que nós. O pessoal daqui gostava dela. Queremos que vocês peguem quem fez isso. Onde o Ticão entra na jogada? — falou Paulo.

— Pelo que já levantamos, ele era próximo da vítima e, vamos dizer, parece que mantém "relações comerciais" com as meninas do calçadão. Queremos conversar com ele e ver no que pode ajudar — explicou Décio.

— É um começo. Mas não acredito que ele vá falar muita coisa pra vocês não. O cara é famoso aqui em Copacabana. Está metido em tudo que é ratoeira pela avenida Atlântica, jogo, prostituição, tráfico. É barra pesada, mas ninguém consegue colocar as mãos nele.

— O sujeito é escorregadio? — perguntou Décio.

— Mais do que isso. Diz a lenda aqui em Copacabana que ele, além disso tudo, comanda a segurança do vereador Jorginho da Vila.

— O cara suspeito de envolvimento com a milícia?

— O próprio. O que ouvimos falar é que o vereador comanda, por meio da milícia, parte dos caça-níqueis, tráfico de drogas, prostituição e uma rede de extermínio. E adivinhem quem é suspeito de ser o braço armado dele — desafiou Paulo.

— O Ticão.

— Exato. Por isso ninguém consegue chegar perto dele. Não conseguimos levantar uma única prova contra ele, nada. Nenhuma testemunha. O cara sempre está limpo.

— Onde conseguimos encontrar o sujeito? — indagou Luciano.

— Ele está lotado no 19º Batalhão. Mas passa o dia em ronda pela avenida Atlântica. Dê uma passada por um desses bares aqui. Com certeza vocês vão esbarrar com ele — falou Paulo, anotando os endereços dos bares para Luciano.

TICÃO

De fato, meia hora depois eles encontravam a viatura, com dois policiais, parada na esquina da rua Duvivier com a avenida Atlântica, próximo a um dos locais indicados por Paulo.

— Boa tarde, Thiago de Souza? — indagou Luciano se aproximando do carro.

— Pois não? — falou o policial parado no lado do carona.

— Delegado Luciano. Esse é o investigador Décio. Somos da Delegacia de Homicídios, podemos conversar com você? — perguntou Luciano apresentando a identificação.

— Em que posso ajudá-lo, delegado? — falou Ticão, saltando lentamente do carro.

— Você conheceu uma prostituta chamada Marilza? Ela trabalhava aqui em Copacabana.

— Conheci.

— Sabe que ela morreu, foi assassinada? — perguntou Décio.

— Fiquei sabendo. Vocês estão investigando?

— Estamos — falou Luciano. — Soubemos que ela era sua amiga.

— Eu conhecia a Marilza há vários anos, ela era muito famosa em Copacabana, e eu conheço muita gente aqui. Mas não sei se amiga era a palavra certa, afinal puta não tem amigos, tem clientes. Por que mandaram o caso para a Homicídios, não era para estar com a 12ª? — respondeu Ticão.

— É que tivemos um outro caso, que guarda várias semelhanças com a morte da Marilza. Foi o assassinato da Virginia, outra prostituta, ocorrido uma semana antes, no mesmo local, então jogaram pra gente. Você ouviu falar desse outro caso? — perguntou Luciano.

— Também fiquei sabendo, coisa muito triste. Esse tipo de coisa não é nada bom para o bairro, cria um clima ruim. O que o senhor precisar de mim, é só falar. A Marilza era uma puta, mas eu gostava dela. Gente boa — emendou Ticão.

— O que sabe sobre ela?

— Nada demais, que caiu na vida cedo, veio para Copacabana e ficou. Já estava na área há muitos anos. Muito conhecida no calçadão, respeitada pelas colegas, essas coisas.

— Você conheceu algum cliente dela? — indagou o delegado.

— Que isso, chefia... Nós cuidamos da tranquilidade do ambiente para garantir a segurança da população e até mesmo dessas meninas, para que elas possam trabalhar sossegadas, mas não nos metemos na vida delas. Além do mais, elas têm muitos clientes, se fosse tomar conta da clientela de cada uma, não ia ter tempo nem pra descansar — falou Ticão.

— Ela nunca mencionou um nome? — Era Décio quem perguntava agora.

— Não, nunca.

— Nem fez menção a algum problema que tivesse ocorrido com as outras meninas, alguma ameaça que tivesse sofrido?

— Olha, delegado, ela nunca falou nada comigo. Agora, vamos ser francos, o senhor está falando de prostitutas, de mulheres que vendem o corpo para ganhar dinheiro. Como eu disse, esse pessoal não tem amigos. Elas estão o tempo inteiro disputando a clientela que baixa aqui na parada. E, hoje em dia, a quantidade que pinta já não é tão grande assim, não dá pra deixar nenhuma delas rica. E elas ainda têm a concorrência das bichas, que também fazem ponto aqui no calçadão e disputam o mercado. Não dá pra confiar nesse pessoal.

— Alguma coisa em particular ou é só o seu ponto de vista? — perguntou Luciano.

— Não, delegado, é só uma observação. Não estou acusando ninguém. Agora, vou fazer o seguinte com o senhor: me dê uns dias que vou ver o que consigo levantar de informação sobre os casos. Me encontre aqui mesmo na quinta-feira.

— Ok, combinado. Nos vemos na quinta-feira. Obrigado pela atenção. Fique com o meu cartão caso precise falar comigo antes disso.

Os dois saíram deixando os policiais.

— E aí, Ticão? — perguntou o outro policial militar que havia presenciado toda a conversa.

— Sei não. Vamos levantar a ficha desse delegado. Estou sentindo cheiro de fumaça.

Do outro lado da rua, Luciano e Décio entravam no carro.

— O que achou, delegado?

— O cara é um tremendo malandro, não vale nada, Décio. Vamos continuar com as investigações e ver qual vai ser a dele na quinta.

— E agora?

— Vamos voltar para a delegacia. Quero montar um dossiê sobre os dois casos para poder conversar com o delegado titular amanhã.

O DELEGADO TITULAR

Na manhã seguinte Luciano se reuniu com o delegado titular, Felipe. No fundo ele tinha esperanças de conseguir dar alguns passos importantes na investigação com o respaldo do superior. Ele e Felipe se conheciam há mais de quinze anos, e o delegado sabia de sua seriedade e de seu profissionalismo.

Ele fez um amplo relato das duas mortes, com todos os detalhes que haviam levantado até o momento, incluindo as conversas com Paulette, Diana e Ticão, a relação entre as mortas e os nomes que tinham conseguido levantar. Como era de seu costume, Felipe ouviu tudo em silêncio. Não gostava de interromper o interlocutor. Preferia guardar perguntas e comentários para o final da narrativa.

Depois que Luciano terminou de falar, Felipe ficou pensativo por alguns momentos, ponderando sobre os possíveis desdobramentos daquele caso.

— Não tínhamos uma maneira melhor de começar essa investigação? — perguntou ele.

— Infelizmente não, delegado — colocou Luciano.
— Vocês estão certos de tudo o que acabaram de dizer? Essas conversas foram informais? Não temos nada concreto?
— Paulette prestou depoimento, mas nem tudo do que falou foi quando depôs. Os outros dois foram conversas. Por ora não temos nada concreto. Os nomes que conseguimos levantar foram ditos na informalidade. Só temos o que eles disseram e a perícia, que traça um paralelo entre os dois casos. Os crimes ocorreram no mesmo local, temos a questão do vinho e a arrumação dos corpos. Nada mais por ora.
— Porra. Só com isso não dá para partir pra cima da juíza ou do filho do vereador.
— Eu sei, concordo com você. Mas gostaria que conseguisse a liberação para que fizéssemos novas buscas no apartamento das duas. Quero fazer uma busca minuciosa para ver se descubro algo.
— Isso é tranquilo. Mas, depois de tantos dias, você acha que ainda pode achar algo? Quem quer que tenha feito isso, teve tempo de recolher qualquer prova.
— É verdade, mas é sempre uma tentativa. É o que temos para o momento. Se alguém voltou ao apartamento, sempre existe uma chance de que tenha cometido uma falha, que tenha deixado algo para trás. Não custa tentar — comentou Luciano, passando um papel com o endereço ao delegado.
— Ok. Vou providenciar isso. E o tal do Ticão, o que você achou?
— Pelo que levantamos até agora e considerando a conversa que tivemos, só posso dizer que é um tremendo pilantra. Está metido em tudo que acontece de ruim em Copacabana. Com certeza deve saber de algo, mas vamos ver o que vai nos falar na quinta-feira.

— Algo mais? — perguntou Felipe.
— Sim — falou Luciano. — Quero quebrar os sigilos bancário e telefônico das duas. Quero vasculhar a vida delas e ver o que acontece. Quem sabe encontramos alguma coisa.
— Boa ideia. Se tivermos sorte, podemos encontrar algo interessante. Isso poderia nos dar um respaldo para avançar no caso. Vou cuidar disso também. Enquanto isso, mantenha o pessoal na rua, junto às prostitutas para ver se descobrem mais alguma coisa.
— Vou fazer isso. Vou colocar um pessoal rodando lá por Copacabana. Tenho certeza de que o nosso amigo Ticão vai se mexer antes de quinta.
— Positivo. Me mantenha informado. Assim que tiver resolvido essas duas situações, aviso você.
Após a reunião com o delegado Felipe, Luciano chamou Décio à sua sala.
— E, então, o que o chefe disse? — perguntou Décio.
— Vamos prosseguir com a investigação, mas devagar. Por enquanto, vamos deixar a juíza e o filho do vereador em espera.
— Eles vão ficar limpos?
— Não se trata disso. O problema é que não temos nada concreto para chegar nessas pessoas. Aí fica realmente difícil. Uma abordagem agora seria precipitada e deixaria todo mundo em estado de alerta.
— E o que vamos fazer?
— Vamos dividir o nosso trabalho em duas frentes. Quero que você pegue o Marcus Vinícius e volte ao calçadão. Fique de olho no movimento, principalmente no Paulette e na Diana. Tenho um palpite de que o Ticão vai atrás deles. Assim que tiver autorização, vou voltar ao apartamento da

Marilza e da Virginia e ver se descubro algo mais. Enquanto isso, aguardamos a quebra dos sigilos telefônico e bancário das duas.

— Isso é uma boa, pode render bons frutos — falou Décio.
— Então mãos à obra. Temos muito o que fazer.
— Certo, delegado. Dou notícias mais tarde.

DE VOLTA AO APARTAMENTO

O delegado Felipe agiu rápido na interdição do apartamento, e na manhã seguinte Luciano estava em Copacabana, no apartamento de Marilza, juntamente com Paulinho, que era um novato, mas o delegado simpatizava com ele e gostava de trabalhar com o rapaz. Era um sujeito discreto, bem diferente de Décio. Mas os dois eram bons e eficientes, cada um com seu estilo.

— Aqui estamos — disse Luciano quando chegaram ao apartamento.

— O senhor está procurando alguma coisa específica? — perguntou Paulinho.

— Não. Mas dê uma geral. Procure por anotações, diários, agendas, caderno de telefones, celulares, fotos, qualquer coisa que possa nos dar uma pista. Vou começar lá pelo quarto. Fique aqui com a sala.

— Certo, delegado — disse Paulinho.

Luciano entrou no quarto de Marilza. Olhou em volta, observando bem o ambiente enquanto escolhia por onde iniciar o trabalho. Começou pela cômoda, revirou as gavetas, analisando cuidadosamente tudo que estava dentro. Passou para o armário, esquadrinhando cada canto. Parou para olhar a cama, levantou o colchão. Nada. Fitou a parede à sua frente. Nela estava pendurado um quadro. Era, na verdade, um retrato da própria Marilza, um desenho a lápis. Ficou prestando atenção no desenho, nos olhos, *bem diferentes da imagem no dia da morte da mulher*, pensou ele.

Voltou ao trabalho olhando atrás do armário, embaixo da cama. Enfim, deu uma geral e nada. Voltou para a sala para ver como estava indo Paulinho.

— Até agora nada, delegado — falou o policial assim que o delegado entrou na sala.

— Nada no quarto também — falou Luciano. — Nenhum pedaço de papel, nada. Segundo o perito, nenhuma impressão digital. Parece que estamos lidando com alguém bem cuidadoso.

— O senhor sabe se existe um sistema de câmeras aqui no prédio? — perguntou Paulinho.

— O pessoal verificou isso. O sistema existe, mas as câmeras foram desligadas há meses, depois de muita discussão dentro do condomínio. O registro de imagens é péssimo para os "negócios", assusta muitos clientes. Ou seja, não temos imagens.

— Entendi, faz sentido. E agora, o que faremos? — perguntou Paulinho.

Nesse momento o celular de Luciano tocou.

— Delegado? Sou eu, Décio.

— Pode falar.

— O senhor ainda está em Copacabana?

— Estou. Por quê?
— Então acho bom o senhor vir nos encontrar.
— Onde vocês estão?
Décio passou o endereço ao delegado.
— Aguarde, vamos chegar aí rapidamente.
Em quinze minutos Luciano e Paulinho estavam no endereço passado por Décio, era o apartamento de Diana. Foi Marcus Vinícius quem abriu a porta para eles.
— O que houve?
— Encontramos com ela aqui no calçadão — falou Marcus Vinícius. — Ela estava muito nervosa. Demorou um tempo para reconhecer o Décio.
— E o que a deixou tão nervosa?
— Foi um telefonema do tal do Paulette.
Luciano se dirigiu até o sofá, onde Diana estava sentada, conversando com Décio.
— Olá — falou ele.
— Delegado, o senhor precisa fazer alguma coisa. É urgente — falou entre soluços a mulher.
— Calma. Primeiro me conte o que aconteceu.
— Eu recebi uma mensagem do Paulette hoje pela manhã.
— E o que ele disse?
Ela tentou falar, mas não conseguiu. Caiu no choro. Décio passou o telefone para Luciano. Ele leu a mensagem:

Estou perdida, amiga, eles me pegaram.

— E agora, delegado, o que vamos fazer?
— Diana, me diga o endereço de Paulette.
Com a mão trêmula e alguma dificuldade, ela escreveu num pedaço de papel.

— Vamos fazer o seguinte: ela vai comigo até a delegacia. Vocês três vão até o apartamento dele, vejam se ele está lá. Se não acharem, deem uma geral no calçadão, vejam se encontram notícias dele. Nos encontramos mais tarde na delegacia.

— Ok, delegado, nos vemos mais tarde.

Os cinco deixaram o apartamento. Luciano rumou para a Barra da Tijuca, com Diana. Lá chegando levou a mulher para sua sala.

— Sente-se. Vamos conversar um pouco.

— Desculpe, delegado, mas fiquei muito nervosa quando vi aquela mensagem — falou ela enquanto provava o café trazido pelo delegado.

— Preciso que você se acalme. Quero que faça contato com suas colegas, as que eram mais próximas do Paulette, e veja se alguém o viu nas últimas vinte e quatro horas.

— Vou fazer isso.

— Positivo. Vou deixar você à vontade. Darei uma palavrinha com o delegado enquanto você faz as ligações.

Luciano deixou a mulher na sala e foi falar com o delegado Felipe, relatando tudo que havia acontecido ao longo do dia para seu superior.

— O que você acha? Acredita que o travesti realmente sumiu? — perguntou Felipe.

— É possível. Vamos esperar que ela faça as ligações e, também, o contato do Décio, mas acho que pode ter acontecido — ponderou Luciano.

O telefone dele tocou, era Décio.

— Delegado, não encontramos o Paulette. Estivemos no apartamento dele, e ninguém atendeu a porta. Chamamos o porteiro, arrombamos a porta e nada, nenhum sinal dele.

Está tudo em ordem no apartamento, nada revirado. O porteiro falou que não o vê desde anteontem. Vamos dar uma rodada no calçadão e ver se temos mais sorte.

— Ok. Me mantenha informado — respondeu Luciano e depois voltou a falar com Felipe assim que desligou o telefone. — Não encontraram nenhum sinal dele. Faz dois dias que o porteiro não o vê.

— É, parece que temos mais um problema relacionado a esse caso — comentou o titular.

— Bem, vou verificar com a Diana se ela conseguiu alguma notícia.

— Faça isso — falou Felipe. — Volte mais tarde, vou esperar por você, para me relatar o que conseguiu.

— Volto assim que tiver mais informações.

Luciano voltou para sua sala.

— E então? — perguntou o delegado.

— Ninguém falou com ele nas últimas vinte e quatro horas. Ninguém sabe dele. E seus policiais, conseguiram algo?

— Também não. Ele não estava em casa. Aparentemente nada fora do lugar — falou o policial.

— Isso está ficando muito perigoso, delegado. Você precisa fazer algo. A essa altura Paulette pode estar morto — falou Diana em um tom de súplica.

— Calma. Nós vamos procurá-lo. Vamos fazer o possível para achá-lo.

— Você acredita que ele ainda esteja vivo? — perguntou a mulher.

— Tudo é possível. Isso pode não passar de uma grande confusão — falou Luciano.

— É verdade — falou ela. — Mas, por outro lado, existe a possibilidade de que ele já esteja morto a essa hora, não?

— Existe. Não vou mentir para você. As mesmas pessoas que mataram Marilza e Virginia podem ter pegado o Paulette. Por ora vamos aguardar e ver se eles encontram alguma pista.

— E eu, delegado? O que faço? Vou ficar o resto do dia aqui esperando por notícias do Paulette?

— Calma. Vou falar novamente com o titular. Vamos ver, aguarde mais um pouco.

— Por favor, delegado. Não pretendo passar a noite aqui.

— Calma, não falei isso. Só estou pedindo um pouco de paciência.

Luciano voltou à sala de Felipe.

— E, então, notícias do sujeito? — perguntou Felipe assim que Luciano entrou na sala.

— Até o momento não. Ela falou com algumas pessoas, mas ninguém tem notícias dele — respondeu.

— Isso é um problema. Duas mortes, um desaparecimento e nenhuma pista.

— Bom, se considerarmos que os dois homicídios e o desaparecimento têm a mesma origem, pelo menos agora o assassino saiu do padrão.

— Como assim? — perguntou o titular.

— Nos dois homicídios ele não deixou nenhuma pista. Não conseguimos encontrar nada. Ele teve tempo de matar e limpar todas as pistas. Agora, se foi ele quem deu um sumiço no travesti, teve que fugir do padrão, isso pode levá-lo a cometer algum erro — Luciano explicou seu raciocínio.

— Entendi. Pode ser. De qualquer forma, a quebra dos sigilos telefônico e bancário das duas foi autorizado, em breve poderemos ter novidades.

— Ótimo, isso pode nos dar algo de concreto. Outra coisa... Estou preocupado com essa moça, a Diana. Se nosso raciocínio estiver certo, e tudo isso for de responsabilidade de uma única pessoa, ela também está em perigo.

— E o que podemos fazer? Não temos como mantê-la sob vigilância, não tenho pessoal disponível para isso.

— Eu sei, mas estou preocupado. Se o Paulette tiver sido pego, ela passa a ser a única pessoa viva a saber de detalhes da vida da Marilza e de quem eram os clientes dela, pelo menos que eu tenha conhecimento. E isso é tudo o que temos até agora — falou Luciano.

— Eu sei, mas o que podemos fazer? Ainda estamos tentando relacionar as duas mortes e ainda não podemos dar o travesti como desaparecido. Você acha que consegue convencê-la a passar a noite aqui na delegacia?

— Vou tentar. Pode deixar comigo, vou dar um jeito de mantê-la sob vigilância, mesmo que informalmente.

— Faça isso. Me mantenha informado. Precisamos conseguir com urgência novas evidências. Se esse travesti aparecer morto, e a imprensa relacionar os fatos, vamos começar a ter problemas.

— Pode deixar. Vou ver se Décio conseguiu mais alguma informação e vou dar um jeito de manter os olhos na garota. Nos falamos amanhã.

Agora, precisava bolar uma maneira de manter Diana sob vigilância, o problema era como. Antes de voltar à sala, tornou a ligar para Décio.

— E então, Décio, alguma novidade?

— Nada. Deixei o Marcus Vinícius de plantão no apartamento do Paulette para o caso de ele aparecer por lá. Rodei aqui pelo calçadão, falei com os ambulantes, donos de bares, com algumas meninas que já haviam chegado para trabalhar e nada. Ninguém viu o cara. Parece que ele simplesmente evaporou. Vou esperar mais um pouco e ver se dou sorte. Mas estou achando difícil.

— Tudo bem. Se conseguir algo, me ligue.

Luciano voltou para sua sala.

— Me dê uma boa notícia, delegado — pediu a mulher.

— Infelizmente não tenho nada para lhe dizer sobre o Paulette. Até agora, nada. Não apareceu em casa, e ninguém o viu pelo calçadão. Não temos notícias dele.

— E agora? O que eu vou fazer? A culpa foi minha. Se eu não tivesse falado demais, nada disso teria acontecido. — Ela não pode conter o choro.

— Ei, calma. Você não é culpada de nada, fez o que devia fazer. Precisamos manter a cabeça no lugar e continuar investigando. Estou preocupado com ele e, também, com a sua segurança — falou Luciano.

— Você acha que eles podem vir atrás de mim, como fizeram com o Paulette?

— Acho possível.

— E o que eu devo fazer? Estou com medo de voltar para Copacabana.

— Você não vai voltar. Você vai para a minha casa. Vai ficar por lá até termos notícias do Paulette.

— Mas eu... — A mulher pensou em protestar, mas desistiu, estava cansada e confusa demais para isso.

— É por essa noite, uma coisa provisória até conseguirmos saber o que houve.

— E se ele estiver morto, delegado? Existe essa possibilidade, não existe?

— Infelizmente sim. Pode ser só uma coincidência, mas o desaparecimento dele está muito estranho.

— Meu Deus... — Ela cobriu o rosto com as mãos.

— Por isso quero você por perto, onde possa vigiá-la.

Antes de sair, Luciano comunicou ao delegado titular que estava levando Diana para casa e avisou Décio. Em seguida eles deixaram a delegacia.

NA CASA DE LUCIANO

A ntes de irem para casa, Luciano e Diana pararam em uma lanchonete para comerem algo. Já passava das onze da noite quando chegaram à casa dele.

— Bem, vou pegar uma toalha para você tomar um banho. Depois faço um café pra gente.

Diana não pensou duas vezes, precisava mesmo de um banho para relaxar um pouco, pelo menos tentar se acalmar. Depois de tudo que já havia acontecido, agora o desaparecimento de Paulette... A situação estava ficando cada vez mais perigosa. No momento, estava se sentindo segura estando na casa de Luciano, mas não podia deixar de pensar que, se desse bobeira, estaria perdida. Precisaria ficar muito alerta de agora em diante. Por outro lado, a única coisa que podia fazer naquele instante era aproveitar o banho.

Enquanto ela estava no banheiro, Luciano tentava organizar os pensamentos. Primeiro ia ter que se acostumar com a presença de uma mulher em sua casa, mesmo que por uma noite. Fazia meses que isso não acontecia, desde que brigara com Veronica, sua namorada. Percebeu o quanto sentia falta dela. Mas agora precisava se concentrar neste caso. Duas mortes, um desaparecimento e quase nenhuma pista. Ele sabia que, se Paulette aparecesse morto, a situação iria se complicar. Duas prostitutas e um travesti, os três frequentadores do calçadão de Copacabana. A imprensa iria fazer a festa. Até o momento, os crimes não tinham ganhado muita repercussão, mas um terceiro caso poderia piorar a situação.

— Tome seu café — ofereceu Luciano quando Diana saiu do banheiro.

— Obrigada. — Depois de uma pausa para provar o café, ela perguntou. — Você acha que Paulette está morto?

Luciano refletiu por vários segundos antes de responder.

— Cada momento que passa sem que tenhamos notícias dele torna a situação mais difícil. Já são mais de vinte e quatro horas sem que ninguém tenha visto ou falado com ele.

— Meu Deus, quando isso vai parar? — Era mais uma súplica do que uma pergunta.

— É uma pergunta para a qual não tenho resposta — falou ele. — Gostaria muito de ter, mas não sei o que responder para você.

— Você tem sido muito legal conosco. Pelo menos está nos tratando como seres humanos, coisa que a maioria dos policiais não faz.

— É a minha obrigação. Mas o que eu deveria estar fazendo mesmo era proteger vocês e nem isso estou conseguindo.

— Não se culpe, você está fazendo o que pode.

Diana ficou parada em frente a Luciano. Pela primeira vez, depois de muitos anos se sentia respeitada e protegida. Fixou seu olhar no policial. Diversas coisas passavam por sua cabeça naquele momento. A vontade que tinha era de caminhar em direção a ele e beijá-lo com toda a ternura, coisa que há muito tempo não fazia. Há muito não sabia o que era a delicadeza do amor, só conseguia recordar a truculência e frieza daqueles que a procuravam. Seu olhar era cada vez mais suplicante.

Luciano percebeu a intenção no olhar de Diana e ficou desconsertado. Sabia que, levando a mulher para sua casa, corria o risco de que essa situação viesse a acontecer. Mas, na sua cabeça, não tinha alternativa. Se deixasse Diana só, em casa, ela estaria correndo risco. Não podia permitir que mais uma morte ocorresse. Por outro lado, não queria, de forma alguma, misturar as situações. Ela estava ali porque precisava de proteção, nada além disso. Reconhecia que Diana era uma mulher bonita, mas não podia se deixar vencer pela tentação.

— Bem, vou pegar as coisas para arrumar minha cama na sala — falou ele tentando quebrar aquele clima.

— Não precisa se incomodar.

— Não é incômodo algum. Você fica lá no quarto, e eu durmo no sofá.

— Não quero perturbar sua noite. Só vim para lhe trazer problemas. Eu posso dormir no sofá — falou ela.

— De forma alguma. Você fica lá no quarto, e eu me ajeito aqui na sala.

— Luciano, posso lhe fazer uma pergunta?

— Diga.

— O que você acha que está acontecendo? Esse cara é um louco matador de prostitutas ou essas mortes podem ter outra razão?

— É difícil dizer. As duas mortes seguiram o mesmo padrão, o que pode significar que o sujeito seja, como você disse, um matador de prostitutas ou pode ser um fato isolado que esteja ligado somente às duas mulheres. Ainda não tenho como afirmar nem uma coisa nem outra. Mas, se você quer uma opinião, não creio que seja um *serial killer*. Honestamente acredito que exista um outro motivo para os dois assassinatos.

— Você acha que alguma daquelas pessoas que lhe falei pode estar envolvida nisso, ou mesmo o Ticão?

— É possível. Existe a possibilidade de que um ou mais estejam envolvidos nisso, mas ainda precisamos investigar.

— Estou com muito medo — falou Diana enquanto se aproximava de Luciano. Ela se aconchegou nos braços do policial e voltou a falar. — Só queria voltar para a minha vida normal, ao meu dia a dia, sem medo.

— Tudo vai se resolver, acredite em mim. Mas, por hoje, quero manter a vigilância sobre você. Ainda não sabemos o motivo das mortes nem do desaparecimento do Paulette, então é melhor não arriscar.

— Acho bom você não arriscar mesmo, pois não estou nem um pouco a fim de terminar estrangulada — falou Diana.

— Bem, está na hora de irmos dormir. Amanhã teremos muito trabalho pela frente — falou ele afastando a mulher de seus braços.

Luciano arrumou o sofá e foi tomar um banho, enquanto Diana se dirigia para o quarto. Quinze minutos depois estavam deitados, cada qual em um cômodo do apartamento. Ele demorou para pegar no sono. Essa história o estava deixando confuso. Não conseguiam encontrar uma pista concreta que apontasse um rumo para a investigação. Isso o estava deixando agoniado. *Quantas pessoas irão morrer até que eu consiga descobrir o que está acontecendo?*, pensou ele. Além disso, precisava resolver outra questão: o que fazer com Diana. Não podia passar o dia ao lado dela para protegê-la e nem podia mantê-la na delegacia. E precisava descobrir logo, pois tinha certeza de que ela estava correndo perigo. Ficou remoendo essas questões em sua cabeça, até conseguir pegar no sono.

UMA RECLAMAÇÃO

A tensão e o medo dos últimos dias tinham colocado Diana sob forte pressão. Naquela noite, sentindo-se protegida na casa de Luciano, conseguiu relaxar e dormir, como há noites não fazia. Um sono reparador, tanto que teve que ser acordada pelo delegado.

— Vamos, está na hora de se levantar. Preciso ir para a delegacia — falou ele.

— Que horas são? — perguntou ela.

— Oito.

— Já? Acho que dormi demais — comentou Diana.

— Creio que dormiu o suficiente para recuperar um pouco do sono perdido.

— Isso é verdade.

— Mandei o Paulinho vir pra cá — falou Luciano. — Ele vai levar você até seu apartamento. Vai ficar um tempo por lá com você e manter vigilância durante todo o dia.

— Isso é realmente necessário?

— Acho melhor agirmos com cautela. Não sabemos com quem estamos lidando. Não custa tomar certos cuidados. Hoje ele vai tomar conta de você. À noite passo por lá quando estiver voltando da delegacia.

Depois que Paulinho saiu com Diana, Luciano ainda arrumou alguns papéis antes de sair para a delegacia. Quando chegou, encontrou Décio e Marcus Vinícius aguardando em sua sala.

— Alguma novidade? — perguntou o delegado.

— Pode ser que sim, pode ser que não — comentou Marcus Vinícius.

— Como assim? — estranhou Luciano.

— É que o pessoal da delegacia do Recreio recebeu uma reclamação na noite passada. Receberam dois telefones reclamando de uma festa, som alto, gritaria. A Polícia Militar foi acionada. Uma viatura passou por lá e disse que parecia uma festinha particular, com umas meninas que pareciam prostitutas. Depois que os policiais passaram por lá, a bagunça cessou. Como estamos com essa investigação sobre a morte das prostitutas, eles acharam legal avisar.

— Interessante. Faça novo contato com o pessoal da 42ª e verifique o endereço. Quero saber quem é o dono da casa. Vamos averiguar se foi só uma festa ou se tem algo mais.

— Positivo, delegado. Vamos fazer isso agora — falou Décio.

Logo após o almoço, Luciano foi chamado pelo delegado Felipe. Assim que ele se sentou, o titular lhe avisou.

— Em dois dias teremos as informações sobre a quebra do sigilo das duas. E o travesti, apareceu?

— Nada ainda. Nem sinal dele.

Luciano voltou para sua sala. Fazia algumas anotações quando Décio voltou.

— Aqui está o nome do dono da casa.
— Ótimo. Cheque esse sujeito, descubra se ele mora lá ou quem tem usado a casa e quem fez a festinha ontem. Quero respostas.
— Pode deixar, delegado. Vou levantar essa história direitinho.

Depois que Décio saiu, Luciano voltou para suas anotações. Já passava das quatro da tarde quando Marcus Vinícius entrou na sala.

— Delegado, recebemos um chamado da 12ª. Outra prostituta encontrada morta, nas mesmas circunstâncias das outras duas.
— Merda — ele deu um soco na mesa. — Comunique ao delegado titular — pediu ele, enquanto pegava o telefone e ligava para Paulinho.
— Diga, delegado.
— Você ainda está com a Diana?
— Estou aqui em frente ao prédio. Por enquanto tudo tranquilo.
— Então ótimo. Fale com ela. Diga para ela não sair do apartamento nem deixar ninguém além de nós entrarmos. Deixe o número do seu celular com o porteiro e peça para ele ficar de olho nela. Se chegar alguém, qualquer pessoa que não seja você, diga para ele ligar imediatamente.
— Ok, delegado. O que está acontecendo? — perguntou Paulinho.
— Outro corpo foi encontrado aí em Copacabana. Vou te passar o endereço. Faça o que eu disse e vá pra lá. Estou saindo daqui agora.
— Pode deixar, delegado. Vou voando pra lá.

Quando Luciano desligava o telefone, Felipe entrou na sala.

— Mais uma?

— Parece que sim — respondeu Luciano.

— Que merda. Me mantenha informado assim que tiver mais detalhes da ocorrência.

— Com toda a certeza. Assim que souber o que aconteceu, eu ligo.

Luciano saiu com Marcus Vinícius.

O TERCEIRO CORPO

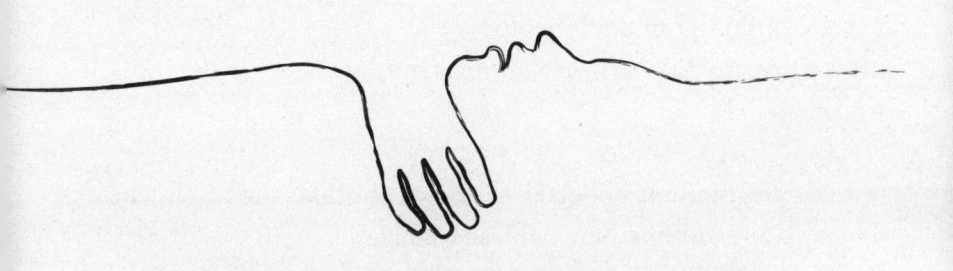

Quando Luciano e Marcus Vinícius chegaram à cena do crime, Paulinho já esperava por eles.

— E então? — perguntou o delegado.

Paulinho olhou para ele e franziu a sobrancelha.

— Tudo igualzinho, delegado. A mulher morta, o corpo arrumado na cama, o cheiro de vinho. Pode incluir essa aí na conta do nosso amigo misterioso. Isolei o quarto e não deixei o pessoal da PM mexer em nada. O perito acabou de chegar, está lá dentro.

— Ótimo. Fez muito bem. Vou dar uma olhada.

Luciano se dirigiu ao quarto. Como Paulinho descrevera, ela estava como as outras duas, deitada na cama, os cabelos bem penteados. Luís, o perito, estava debruçado sobre o corpo, examinando.

— Como vai delegado? — perguntou ele assim que levantou a cabeça.

— Já tive dias melhores. Qual a sua opinião?

— Igualzinho às outras. Mesma posição do corpo, a arrumação do cabelo, o cheiro de vinho, o quarto todo arrumado, estrangulada. Se não foi a mesma pessoa, ela está fazendo escola.
— Alguma digital?
— Vou trabalhar nisso agora. Já te informo.
— Ok. Algum documento?
O perito passou uma carteira para Luciano. Ele deu uma olhada.
— Cristina Soares — leu baixinho.
— Segundo os policiais, ela era conhecida como Marcelle — falou Paulinho, que parara ao seu lado.
— Marcelle, vinte e sete anos. A brigona, e nem chegamos a conversar com ela.
— É, delegado, esse caso está ficando cada vez mais complicado.
— Pode ser, mas vamos acabar pegando esse desgraçado — falou o delegado. Depois se dirigiu a Marcus Vinícius. — Ligue para o Décio, veja se ele conseguiu alguma coisa com o dono da casa do Recreio.
Marcus Vinícius pegou o celular e se afastou. Depois de alguns minutos retornou.
— Delegado, ele falou com o cara. Ele não mora lá, só aluga o espaço para festas. Ele alugou por uma temporada de um ano.
— Ele tem o nome de quem fez o aluguel? — perguntou Luciano.
— Sim. Disse que é um tal de Thiago.
— Thiago? — indagou Luciano.
O delegado pegou o telefone celular e discou para Décio.
— Pode falar, delegado — respondeu Décio ao chamado.
— O sujeito que alugou a casa é Thiago de quê?

— Thiago de Souza. Ao que parece, deve ser o nosso amigo Ticão.

— Bem interessante. Me espere lá na delegacia. Quando terminarmos aqui, vamos voltar pra lá.

— Positivo, delegado. Estou indo pra lá.

Luciano deu uma geral no apartamento. Nada fora do lugar. Depois de meia hora, Luís foi falar com ele.

— Delegado, estou terminando meu trabalho. Depois envio o relatório completo, mas, como eu disse antes, tudo como nos outros casos. Tudo indica que foi obra da mesma pessoa. Todas as características da ação apontam para isso. O pessoal agora vai cuidar da remoção do corpo.

— Obrigado, Luís. Aguardo seu relatório.

Luciano chamou Marcus Vinícius e Paulinho.

— Venham, vamos voltar para a delegacia. Antes vamos passar no apartamento da Diana, quero levá-la conosco.

Após irem ao encontro de Diana, rumaram para a delegacia. Ainda no caminho, Luciano mostrou a carteira de identidade da vítima para ela.

— Conhece essa moça?

— É a Marcelle. O que você está fazendo com a carteira dela? — Ela foi perdendo a voz. Cobriu a boca com a mão.

— Ela foi encontrada morta hoje, nas mesmas circunstâncias das outras.

— Não é possível. — Diana caiu no choro.

Assim que chegaram à delegacia, Luciano conseguiu uma policial para cuidar de Diana. Depois se reuniu com Décio, Marcus Vinícius e Paulinho em sua sala.

— Vamos ver o que temos — disse ele assim que os quatro se sentaram. — Décio, o que conseguiu com o dono da casa?

— O sujeito construiu a casa faz algum tempo, mas nunca morou lá. Esperava que o lugar fosse se desenvolver, mas o crescimento não foi o que esperava e, também, por conta da distância, ele acabou desistindo de morar lá. Então, resolveu alugar para festas, para conseguir algum dinheiro pelo menos para cobrir as despesas de manutenção do lugar. Há seis meses apareceu esse tal de Thiago se dizendo *promoter*, que precisava de um lugar tranquilo para organizar algumas festas, para aparecer em revistas de moda e esse tipo de coisa. O cara alugou a casa por um ano, pagou todo o aluguel adiantado, à vista, por transferência bancária.

— Poucos vizinhos e mesmo assim tem reclamações. Ele assinou um contrato com o tal Thiago?

— Nada. O cara transferiu o dinheiro todo de uma vez e ele nem quis saber. Foi na base da confiança. Disse que para ele não tinha diferença, o aluguel já estava pago, isso que importava.

— Mas ele pelo menos viu o cara?

— Sim, esteve duas vezes com o cara.

— Ótimo. Isso quer dizer que ele pode identificar o sujeito. Além disso, temos as informações da transferência, quero a identificação de quem fez — falou Luciano.

— E a outra morte? — perguntou Décio.

— A mesma coisa. Tudo igual — comentou Marcus Vinícius.

Nesse momento o delegado Felipe entrou na sala.

— Me contem as novidades — falou o delegado.

— A terceira morte bate com todas as características das outras duas. Descobrimos uma casa no Recreio que foi alugada, provavelmente por um policial chamado Thiago de Souza.

— E qual a relação da casa com os homicídios? — perguntou o delegado.

— Ainda não sabemos ao certo, mas tudo indica que a casa tenha sido alugada pelo Ticão para a realização de festinhas com prostitutas.

— Se o cara é de Copacabana, onde iria buscar prostitutas para as festinhas?

— Exatamente, delegado. Com toda certeza em Copacabana — falou Luciano.

— Ótimo, verifiquem se o Ticão é mesmo a pessoa responsável pelo aluguel da casa. Se isso se confirmar, poderemos ter um elo interessante. Outra coisa, aqui está a documentação da quebra do sigilo das duas prostitutas — disse Felipe, colocando os envelopes sobre a mesa de Luciano.

— Vou dar uma olhada nesse material e ver o que conseguimos — falou o delegado.

— Ótimo, nos falamos depois — disse o titular enquanto se retirava.

— E agora, delegado, quais serão os nossos próximos passos? — perguntou Paulinho.

— Bom, agora temos no que trabalhar. Eu vou analisar toda essa papelada do sigilo das duas e ver o que descubro. Décio, consiga uma foto do Ticão, veja se o proprietário da casa faz o reconhecimento e pegue as informações sobre a transferência bancária. Marcus Vinícius e Paulinho, voltem para Copacabana e vejam o que mais conseguem descobrir sobre a Marcelle e, também, sobre o Paulette, ainda temos o desaparecimento dele para resolver.

— É verdade, nem sinal do sujeito. O que acha disso, delegado? — perguntou Marcus Vinícius.

— Infelizmente, a cada minuto que passa fica mais difícil acreditar que ele ainda esteja vivo. Mas vamos continuar procurando. Levem a Diana com vocês e vejam se ela tem mais informações sobre a tal da Marcelle. Fiquem por lá e mantenham uma discreta vigilância sobre ela.

— Ok, delegado — falou Paulinho.

Os três se retiraram, Luciano ficou sozinho na sala mergulhando na papelada sobre Marilza e Virginia.

As peças começam a se juntar

Assim que ficou sozinho, Luciano começou a analisar a documentação com cautela, sabia que seria um trabalho chato, provavelmente precisaria de mais de um dia para olhar com calma toda a papelada, mas esperava que valesse a pena.

Depois de muito analisar o material, Luciano foi para casa, levando consigo a papelada, pretendia trabalhar toda a noite nela, se fosse preciso. Queria ter todas as informações o mais rápido possível.

No dia seguinte, Luciano chegou à delegacia por volta das onze horas, suas feições demonstravam que tinha dormido pouco. Os três investigadores esperavam por ele.

— Bom dia, pessoal, o que temos de novidade? — perguntou o delegado.

Quem começou falando foi Décio.

— O dono da casa reconheceu Ticão, foi ele mesmo quem alugou o imóvel.

— Em Copacabana não conseguimos nada, nenhuma novidade sobre o Paulette e nada sobre a Marcelle. As meninas do calçadão estão com medo por conta de tudo isso e não estão querendo falar conosco. Algumas nem apareceram para trabalhar — falou Marcus Vinícius.

— E temos um novo problema. O delegado Felipe quer conversar com o senhor sobre a imprensa. Três mortes e um desaparecimento aguçaram o faro desse pessoal, alguns repórteres procuraram o titular hoje mais cedo. — Era Décio quem voltava a falar. — Ele está bem preocupado, pois a imprensa vai começar a nos apertar e não temos nada ainda.

— Estava demorando para a imprensa aparecer, uma hora isso ia acontecer. Mas acho que vamos avançar bastante nessa investigação a partir de hoje. Só não sei se poderemos prestar contas à imprensa logo de cara — disse Luciano, discando o ramal de Felipe. Eles se falaram rapidamente e em seguida Luciano chamou os investigadores.

— Venham, vamos à sala do titular, assim falo tudo de uma vez só.

Os quatro rumaram para a sala de Felipe, que estava com cara de poucos amigos.

— Aumentou o problema — falou ele. — A imprensa está no nosso pé por conta desse caso das prostitutas, querem informações.

— Em relação à investigação, acho que vamos avançar bastante a partir de agora. Sobre a imprensa, teremos que conversar com calma, pois não acho que seja hora de falar com eles e dar informações, isso vai ser ruim para a investigação — colocou Luciano.

— Então vamos por partes. Primeiro me diga o que conseguiram — ponderou o titular.

— Bem, primeiro fato é que o Ticão foi reconhecido como a pessoa que alugou a casa no Recreio para as festinhas. Outro fato é que analisei as contas bancárias das vítimas e encontrei vários depósitos feitos para a Virginia nos últimos seis meses, sempre às segundas-feiras. São depósitos feitos sempre de um caixa eletrônico localizado bem próximo ao 19º Batalhão.

— Onde Ticão está lotado — lembrou o titular.

— Exatamente — falou Luciano.

— Só na conta da Virginia? — perguntou Décio.

— Só. Não encontrei nenhum depósito semelhante para a Marilza. Os depósitos para a Virginia foram feitos regularmente a cada quinze dias, nos últimos seis meses. Eram feitos às segundas, sempre no mesmo valor. — Luciano fez uma pausa. — No caso da Marilza, encontrei algumas transferências feitas pela juíza Débora Reis.

— E as ligações telefônicas? — perguntou Felipe.

— Separei dois números que me chamaram atenção. Um que ligava frequentemente para Marilza, e o outro para a Virginia — colocou Luciano.

— Se seguirmos a lógica, um deve ser da juíza, e o outro do Ticão — falou o titular. — Bom, vamos verificar quem são os donos desses números.

— É bem provável que o senhor tenha razão. Já fiz contato com a operadora, teremos essa resposta ainda hoje — disse Luciano — Além desses, ainda tem dois outros números que ligavam com uma frequência menor, mas com regularidade, para a Marilza e a Virginia. Também estou verificando a quem pertencem.

— Agora realmente estamos avançando, já temos muito o que investigar. Só temos que decidir como vamos tratar a questão com a imprensa — disse Felipe. — Então vamos trabalhar. Luciano, você fica, vamos pensar sobre a nossa querida imprensa.

Os três policiais saíram, deixando os dois a sós.

PRÓXIMOS PASSOS

Depois que os três policiais saíram, Felipe e Luciano retomaram a conversa.

— Então, o que você está pensando em fazer agora? — perguntou Felipe.

— Ainda quero esperar a confirmação de quem fez as ligações telefônicas, mas, independentemente disso, vamos ter que voltar a conversar com nosso amigo Ticão. E, também, precisamos ter uma conversa com a juíza. Mesmo que ela não tenha relação com o crime, pode ter informações que sejam importantes para nossa investigação — falou Luciano.

— Você tem razão. Vamos fazer o seguinte, confirme quem são os donos das linhas telefônicas. Enquanto isso vou tentar contato com a juíza, para ver se ela recebe você para uma conversa, mesmo que seja informal. Depois disso, quero que vocês apertem o tal do Ticão, tem muita coisa podre envolvendo esse cara, tenho a impressão de que ele está envolvido até o pescoço nessas mortes.

— Tudo bem. Vou confirmar esses nomes ainda hoje. Aguardo seu retorno sobre a juíza. Enquanto isso, vou colocar o Paulinho e o Marcus Vinícius rodando em Copacabana. Quero que eles fiquem de olho na Diana e verifiquem se alguém tem notícias do Paulette — colocou Luciano.

— É, ainda temos o Paulette desaparecido. Você acredita que temos chance de encontrá-lo vivo?

— A probabilidade fica menor a cada dia. Estamos no terceiro dia de busca e nem sinal dele. Isso deixa a situação complicada — respondeu Luciano.

— Mas, se ele foi assassinado, não entendo por que o procedimento não foi igual ao das outras mortes — comentou Felipe.

— Você tem razão. Esse sumiço foge completamente ao padrão que nosso assassino usou até agora.

— O que você acha?

— Temos algumas possibilidades. Ele pode ter descoberto o assassino, o que forçou o matador a dar um sumiço nele, sem ter tempo de preparar o "ritual". Temos o fato de que ele não foi encontrado, ou seja, ainda pode aparecer morto da mesma forma que as mulheres. E temos a hipótese de que o desaparecimento dele não tenha relação com esse caso.

— Pode ser, mas seria muita coincidência o sumiço não ter relação com essa história. São muitas hipóteses e poucas certezas, isso é ruim.

— Também acho difícil, mas alguém pode ter se aproveitado desse caso para acertar as contas com o Paulette, deixando a suspeita para o nosso matador — colocou Luciano.

— Isso é verdade. É uma boa oportunidade para confundir a nossa ação. Agora precisamos conversar sobre a imprensa.

— Estão no nosso pé? — perguntou Luciano.

— Sim, hoje cedo fui procurado por uma repórter que quer informações sobre o caso. Não falei nada, mas não vamos poder ficar calados por muito tempo. Em breve teremos que dizer algo. Só não acho prudente que divulguemos nomes, isso iria atrapalhar toda a investigação e nos colocaria numa situação delicada.

— Com certeza divulgar nomes seria péssimo — falou Luciano. — Precisamos ser bem genéricos.

— Ótimo — concordou o delegado. — A repórter que me procurou é minha conhecida já há algum tempo, aliás, acho que você a conhece também. Vou passar o contato dela, e você enrola o máximo que puder.

— Tudo bem. Vou orientar os outros sobre isso para caso eles sejam abordados. E passo as informações sobre os telefones assim que receber.

— Ok, fico aguardando.

Luciano voltou para sua sala. Precisava ordenar alguns pensamentos. Nesse meio-tempo, recebeu as informações que precisava da empresa de telefonia. Depois que conferiu os nomes, Luciano pegou uma folha de papel, dividiu-a ao meio, com um risco na vertical, colocou o nome de Marilza de um lado e o de Virginia do outro. Escreveu abaixo de cada nome as respectivas informações bancárias e telefônicas. Quando acabou de escrever parou para analisar o que tinha escrito.

No lado de Marilza, a principal informação bancária dizia respeito à juíza. Já no caso dos telefonemas, as ligações apontavam para a juíza e para Diana. Com relação à Virginia, a questão bancária apontava teoricamente para Ticão e os telefonemas também para Ticão e para outra pessoa, de nome Bruno Jorge Tranconatto. Uma lista não tinha relação direta com a outra, o que era estranho. Pegou a folha de papel e voltou à sala do delegado titular.

— Diga, Luciano — falou Felipe quando o homem entrou em sua sala.

— Aqui estão os nomes identificados pela operadora de telefonia — falou Luciano, mostrando o papel ao superior.

Felipe avaliou os nomes colocados na folha de papel que estava à sua frente.

— Porra, uma coisa não bate com a outra — o titular reclamou.

— Pois é, parecem duas situações distintas — colocou Luciano.

— E quem é Bruno Jorge Tranconatto?

— Estou verificando, mas o nome é familiar pra mim, Jorge Tranconatto é o nome do vereador Jorginho da Vila.

— Entendi, deve ser filho do cara, então.

— Provavelmente. Se for quem eu estou pensando, é um garotão que vive se metendo em encrenca — falou Luciano.

Nesse momento um auxiliar entrou na sala e entregou um papel para Luciano.

— Aqui está — falou Luciano entregando o papel para Felipe. — É a ficha do nosso garoto, Bruno Jorge.

— Detenção por arruaça, perturbação da ordem em festas, suspeita de consumo de cocaína, briga com prostitutas. A ficha do garoto é promissora — falou o superior.

— Mais um suspeito na nossa lista.

— Perturbação em festas... briga com prostitutas... será que nosso menino tem relação com o Ticão? — perguntou Felipe.

— Acredito que sim. Não creio que Ticão fique alugando casa no Recreio para fazer festinhas para ele — ponderou Luciano. — Mas, agora que temos os indícios das questões bancárias e telefônicas, podemos ir para cima do Ticão e buscar as explicações que queremos. Nosso policial tem muito a explicar.

— Tudo bem, pode partir para cima dele. Vou fazer contato com o comandante do batalhão para avisar que vocês precisam conversar com Ticão. Fiz contato com a juíza, ela concordou em receber você, amanhã pela manhã, no gabinete dela, para uma conversa. Mas vamos com calma, não podemos nos exceder e colocá-la na defensiva.

— Pode deixar. Amanhã pela manhã converso com a juíza. Depois me encontro com o Décio em Copacabana para falarmos com a Diana e o Ticão.

— Tudo bem. Pelo menos agora estamos avançando.

— Com certeza.

Luciano voltou para sua sala. Agora estava mais otimista em encontrar uma solução para o caso, pois as possibilidades estavam se abrindo e havia o que investigar.

A CONVERSA DE TICÃO

Naquela mesma manhã, enquanto Luciano conversava com o delegado titular, Ticão rumava para o Recreio, para a casa que havia alugado. Foi para lá se encontrar com um velho conhecido.

— Bom dia, vereador, como vai? — perguntou o policial.

— Estou bem. Gostei dessa nova casa que você arrumou para os meninos se divertirem — falou o vereador. — Mas por que você me pediu para vir até aqui?

— A casa é uma beleza, ampla, confortável e fica localizada em um lugar afastado, que chama pouco a atenção — explicou Ticão. — O problema é que os meninos, principalmente o Bruno, têm feito muito "barulho" nessas festinhas, e isso está ficando complicado.

— Como assim?

— Eles estão arrumando muita confusão nessas festas, tanto que já tive que mudar o local delas três vezes. Mesmo aqui, nesse local mais isolado, com pouca vizinhança, já deram queixa das confusões que eles arrumam.

— É só bagunça de adolescente... — começou a falar o vereador.

— O problema, vereador, é que o momento está um pouco complicado. Eu preciso que eles fiquem quietos por um tempo.

— O que está acontecendo, Ticão?

O policial coçou a cabeça várias vezes, antes de voltar a falar.

— Tivemos o assassinato de duas prostitutas nas duas últimas semanas.

— E qual a relação com os garotos? — perguntou o vereador, fechando a cara.

— As duas eram lá de Copacabana.

— Acho que ouvi falar do caso.

— Uma delas fazia parte do grupo que eu recrutava para participar das festinhas dos garotos. — Ticão fez uma pausa para observar a fisionomia do vereador antes de concluir. — Ela era parceira frequente do Bruno, ele gostava muito dela. Na verdade, a outra também fez parte do grupo por um tempo.

— O que você está querendo insinuar? — perguntou o vereador com o rosto vermelho de raiva.

— Não estou insinuando nada, vereador. Só estou mantendo o senhor informado sobre o que está acontecendo. Eu alugo as casas e arrumo as meninas para as festinhas deles. Frequentemente eles criam confusões nessas festas e ocorrem reclamações, algumas vezes com registro de ocorrência, por isso tenho que ficar mudando de casa sempre. Agora duas prostitutas foram assassinadas lá em Copacabana, uma delas participava das festas, a Delegacia de Homicídios está investigando o caso. Eles já me procuraram.

— Você acha que eles podem relacionar os garotos com esses assassinatos?

— Tudo é possível, vereador. Com certeza eles já devem estar vasculhando a vida delas, conversando com as colegas, verificando ligações telefônicas, essas coisas. É possível que cheguem na gente, sim.

— Isso é um absurdo. E o que você pretende fazer para resolver isso?

— Estou trabalhando no assunto. Agora, por ora, nada de festinhas. É bom os garotos ficarem sumidos até que tudo esteja resolvido.

— Disso eu cuido. Mas quero esses policiais longe do meu filho, disso você cuida. Vai ser bem remunerado por isso, aliás, como sempre foi pelos serviços que me presta.

— Vou cuidar disso, vereador. Pode ficar tranquilo.

— Ótimo, me mantenha informado sobre o andamento das investigações. Quem está investigando mesmo? — perguntou o vereador, enquanto deixava a casa.

— O pessoal da Homicídios. Pode deixar que vou tomar minhas providências — falou Ticão enquanto observava o vereador se afastar.

Depois que o vereador partiu, Ticão ficou sozinho na casa e aproveitou para refletir sobre toda aquela situação. *Agora vai ser foda, não vai demorar para o pessoal da Homicídios nos ligar a esse caso, vai ser ruim de explicar tudo. Vou ter que me virar ou o vereador vai me abandonar no meio dessa sujeira.*

Pensando no que deveria fazer, Ticão entrou no carro para voltar para Copacabana.

A JUÍZA

Na manhã seguinte, logo que acordou, Luciano verificou que havia algumas mensagens no celular, sabia que eram da jornalista que Felipe mencionara. Já esperava que ela fosse encontrá-lo, mas não pretendia fazer contato com ela logo cedo, isso poderia esperar. Teria um dia cheio, mas tinha esperança de que fosse proveitoso. Primeiro, como acertara com o titular, iria encontrar a juíza Débora Reis. Em seguida, iria para Copacabana onde se reuniria com Décio para irem falar com Ticão. Também pretendia ver Diana. Enfim, muito a fazer. Pensando nessas coisas, rumou para o centro da cidade, para ver a juíza.

Às dez horas da manhã, Luciano estava na antessala do gabinete da juíza. Após alguns minutos de espera, ele foi conduzido pela secretária até a sala dela.

— Bom dia, excelência — cumprimentou Luciano.

— Bom dia, delegado — retribuiu a juíza. — O delegado Felipe me disse que o senhor precisava de minha ajuda em um caso. Em que posso lhe ser útil?

Luciano retirou uma foto da pequena pasta que tinha consigo e colocou na frente da juíza.

— A senhora conhece essa pessoa? — indagou ele, entregando a foto para ela.

A juíza não respondeu de imediato. Ficou vários segundos mirando a foto. Pela fisionomia da mulher, Luciano percebeu que a imagem tinha causado o efeito desejado. Não havia necessidade de resposta, mas ele permaneceu em silêncio, esperando que ela se manifestasse. Depois de encará-la por mais de um minuto, devolveu a foto ao delegado e se recostou na cadeira.

— Qual o seu interesse em saber isso? — perguntou ela.

— Esta mulher era uma prostituta e foi assassinada há alguns dias, chamava-se Marilza.

— E que relação eu posso ter com ela?

— Bem, nós quebramos os sigilos telefônico e bancário, encontramos registros de que a senhora mantinha contato permanente com ela e verificamos transferências da sua conta para a dela. Por isso o delegado Felipe pediu que a senhora me recebesse hoje — explicou ele.

— Entendi — foi tudo que ela conseguiu dizer num primeiro momento.

A juíza abaixou a cabeça e ficou vários segundos fitando as próprias pernas. Antes de voltar a falar, ela se levantou e foi até a janela, onde permaneceu por mais alguns segundos, admirando o Sol, que brilhava forte, iluminando toda a cidade.

— Delegado, o senhor tem muitos anos de polícia? — perguntou virando-se para Luciano.

— Sim, excelência, são duas décadas de trabalho.

— Um dia o senhor pretende chegar ao posto de delegado titular de uma delegacia?

— É o rito natural das coisas. Em alguns anos pretendo sim chegar a esse posto — respondeu ele, tentando entender o que a juíza pretendia com aquelas perguntas.

— Acho justo que o senhor tenha essa pretensão. É natural em todas as profissões, todos queremos crescer e galgar postos mais altos — falou ela olhando nos olhos do policial antes de fazer a próxima pergunta — O senhor acharia justo ter a sua ascensão bloqueada por conta de questões pessoais que não dizem respeito ao seu trabalho?

Luciano começava a entender o rumo que a mulher queria dar para a conversa. Como era ela quem deveria falar, preferiu uma resposta bem cautelosa.

— Acredito que devemos sempre ser julgados pela nossa competência profissional e somente por isso.

— Pois é, delegado, concordo com o senhor. Mas nem sempre as coisas acontecem dessa forma no nosso país. Vivemos em uma sociedade em que os valores são deixados de lado por conta de preconceitos de cor, religião, opções sexuais.

Luciano apenas observava a juíza, apesar de perceber uma tensão no ar, notava um semblante tranquilo na mulher.

— Essa realidade é dura de suportar — ela voltara a falar. — É difícil, delegado, ter que optar entre o pessoal e o profissional, quando os dois se esbarram e um tem potencial para destruir o outro. Quando isso acontece, você passa a viver um grande dilema em sua vida — ela baixou a cabeça, olhando agora para os pés.

Luciano fitava a juíza, aguardando se ela continuaria ou não. Como ela continuava a olhar para baixo, sem prosseguir com seu discurso, ele resolveu falar.

— A senhora está vivendo um dilema como esse? Em que o pessoal e o profissional se chocam?

Depois de alguns segundos, a mulher respondeu, ainda com a cabeça baixa.

— Não mais, delegado, não mais.

— Não entendi, excelência — falou o policial.

Depois de mais alguns segundos de espera, a juíza voltou a se sentar e encarou o policial.

— Delegado, isso tudo tem sido extremamente difícil para mim. O senhor não faz ideia do que tenho passado nesses últimos dias. Minha vida se transformou em um grande pesadelo.

— Qual a relação desses problemas que a senhora está vivendo com essa pessoa? — perguntou Luciano, apontando para a foto de Marilza.

A mulher desviou o olhar um momento para a foto e voltou a encarar o policial. Agora seu semblante demonstrava agonia, sofrimento.

— A relação é total — disse ela se recostando na cadeira e tomando fôlego para continuar a falar. — A vida nos coloca em situações muito complexas, e somos obrigados a tomar decisões que vão impactar diretamente o nosso futuro, a nossa felicidade, seja pessoal ou profissionalmente. Delegado, o que vou lhe revelar agora é muito sério e pode colocar em risco meu futuro profissional, por isso espero que o senhor possa tratar do assunto com a reserva necessária que ele requer.

— Excelência, posso prometer que, no que depender de mim, vamos tratar a questão com a maior discrição possível. Nossa intenção é descobrir quem matou essa mulher — falou ele, apontando para a foto de Marilza. — E outras duas... Três pessoas perderam a vida, e corremos contra o tempo para que mais ninguém se machuque.

— Eu entendo sua posição. Tudo o que lhe peço é que mantenha a maior reserva possível sobre a nossa conversa.

— Quanto a isso, a senhora pode ficar tranquila, vou manter a maior discrição possível.

— Bem — continuou ela —, em relação à vida profissional, não tenho do que reclamar. Fiz uma bela carreira na magistratura nesses vinte e sete anos de profissão. Sou uma juíza conceituada e muito respeitada. Nos últimos tempos meu nome começou, inclusive, a ser cogitado para uma vaga em um dos tribunais superiores, em Brasília. Mas, como nem tudo são flores, minha vida pessoal tem sido um grande problema por conta da sociedade machista e preconceituosa em que vivemos.

Ela fez uma pausa e voltou a olhar para a foto de Marilza antes de continuar a falar.

— Delegado, seja bem honesto comigo. O senhor acredita que uma mulher, juíza, que se declarasse homossexual teria alguma chance de ser indicada para um tribunal superior aqui no Brasil?

Luciano mediu bem o impacto do que acabara de ouvir antes de responder.

— Realmente, excelência, acredito que uma revelação dessas poderia enterrar qualquer chance de indicação — respondeu com a maior sinceridade.

— O senhor está absolutamente certo, delegado. Dificilmente alguém indicaria uma juíza que se declarasse homossexual. E esse foi o dilema que vivi. Sempre entendi que minha orientação sexual era um problema exclusivamente meu, de mais ninguém. Mas a sociedade não pensa assim, por isso sempre fui muito discreta em relação ao assunto. É claro que sempre tem alguém falando algo, uma fofoca aqui, outra ali. Mas a coisa vai caminhando. Se você não fala no assunto, fica o dito pelo não dito. E foi assim que eu me comportei ao longo da minha vida.

Ela fez nova pausa. Luciano achou melhor não fazer nenhuma observação. Sabia que ela continuaria a falar, mas também imaginava o quanto aquela situação estava sendo dura para ela. A juíza bebeu um pouco de água e continuou a falar.
— Há três anos conheci a Marilza. Foi numa loja, em Copacabana. O senhor acredita em amor à primeira vista, delegado?
— Claro que acredito — disse ele.
— Pois foi o que aconteceu comigo. Saímos da loja, nos sentamos para tomar um café e a conversa rendeu. Trocamos nosso número de telefone e começamos a nos falar com frequência. Um dia tomei coragem e a convidei para vir à minha casa. Nós jantamos, conversamos. Ela foi muito honesta comigo, falou sobre a profissão de prostituta, em momento algum escondeu o fato. Confesso que, num primeiro momento, essa revelação me chocou, e eu aqui reclamando do preconceito alheio — observou ela esboçando um sorriso. — Bem, passado o susto inicial, eu decidi dar vazão àquilo que estava sentindo. Queria ela perto de mim, mas também fui honesta com ela sobre a minha carreira e as implicações que nossa relação poderia acarretar. Estávamos felizes por termos uma à outra, mas não queríamos abrir mão de nossas carreiras. Decidimos continuar juntas, nos vendo regularmente, mas mantendo absoluto segredo sobre a nossa situação. E isso durou até eu ficar sabendo da morte dela. Foi um choque a Marilza assassinada. Foi muito cruel ficar sabendo e nada poder fazer, nem me despedir dela eu pude. Enfim, essa é a história, delegado.
— Entendi — falou ele. — Realmente não é uma situação fácil para se lidar. Lamento muito por isso, pela sua perda. Como a senhora ficou sabendo da morte da Marilza?

— Nós nos falávamos regularmente, como o senhor já sabe por conta do sigilo telefônico dela. Notei que havia algo estranho quando tentei falar com ela e não consegui. Isso não era normal entre nós, quando uma tentava falar com a outra e não conseguia, logo que possível havia o retorno. Nesse caso não houve. Tentei falar com a Marilza e não consegui, até aí tudo normal. Só que ela não me retornou, aí fiquei preocupada. Dois dias depois vi a notícia no jornal. Era muita coincidência, não poderia ser outra pessoa. Nesse momento me dei conta do que estava acontecendo e do que eu acabava de perder.

— Imagino como deve ter sido difícil. Eu preciso perguntar. A senhora notou algo de diferente na Marilza nas últimas vezes que esteve com ela? Ela estava normal, não reclamou de nada relacionado ao trabalho dela?

A juíza pensou por um momento antes de falar.

— Refletindo com calma sobre o que o senhor está perguntando, nas últimas duas vezes que nos vimos, ela deixou escapar que estava contrariada com alguma coisa que estava acontecendo no calçadão. Ela não foi específica, só disse que algumas pessoas estavam fazendo coisas erradas e que não era justo colocar as meninas mais novas em uma situação mais difícil do que elas já vivem diariamente.

— Foi tudo o que ela disse?

— Foi. Eu insisti um pouco no assunto, até para que ela pudesse desabafar, mas não quis se estender e desconversou.

— Bem — falou Luciano —, por ora acho que é tudo. O que eu posso dizer é que sinto muito a sua perda e que pretendemos pegar o responsável pela morte da Marilza.

— Eu agradeço. Espero contar com a sua discrição sobre o assunto — falou ela.

— Fique tranquila com relação a isso — disse ele estendendo a mão para cumprimentar a juíza. — Da minha parte a situação será tratada com todo respeito e discrição. Só quero deixar claro que, com o avançar das investigações, a situação pode fugir do nosso controle. Mas tenha a certeza de que qualquer passo que venhamos a dar e que envolva a senhora, vamos avisá-la.

— Eu agradeço, delegado — disse ela, apertando a mão do policial. — Espero que o senhor possa pegar quem fez isso com a Marilza o mais rápido possível.

Luciano se despediu e deixou o gabinete da juíza.

De novo em Copacabana

Depois de sair do gabinete da juíza, Luciano ligou para Décio para marcar um ponto de encontro em Copacabana. Em seguida, já no caminho, fez uma nova ligação.

Chegando em Copacabana, os dois se encontraram.

— Então, delegado, como foi a conversa com a juíza?

— Foi boa, reveladora. Depois falamos dela, agora temos muito o que fazer.

— Vamos procurar o Ticão? — perguntou o investigador.

— Ainda não. Primeiro quero falar com a Diana. Quero ouvir o que ela sabe sobre essas festinhas que o Ticão organiza. Ela pode nos dar mais alguns elementos para a conversa com ele.

— Tudo bem, o senhor vai fazer contato com ela?

— Já fiz, ela está nos esperando num bar mais à frente, vamos.

Os dois rumaram para o bar.

— Olá, como vocês estão? — perguntou Diana.

— Bem, e você? — indagou o delegado. — Teve notícias do Paulette?

— Nada, delegado. Nenhum sinal de vida dele. A cada dia que passa, vou perdendo as esperanças de encontrá-lo com vida.

— Também não tivemos nenhuma pista. Realmente a situação está complicada. Mas eu queria falar com você sobre outro assunto.

— Qual?

— Identificamos uma casa no Recreio onde, ao que parece, o Ticão organizava umas festinhas. O que sabe sobre isso?

Ela parou e encarou o policial por alguns segundos antes de responder.

— Essa casa não era para ele. O Ticão só alugava.

— Com assim? Você esteve lá alguma vez?

— Estive alguma vezes. Ele alugava o espaço, nos recrutava, organizava tudo, mas não participava do negócio.

— Me diga o que sabe sobre essas festas.

— Lembra daquele dia no cemitério, quando lhe dei os dois nomes? — perguntou ela.

Luciano concordou com a cabeça.

— Um dos nomes era do garotão, o Bruninho, filho do Jorginho da Vila — continuou Diana. — Pois é, esse garoto é da pá virada, vive por aqui atrás das meninas, de drogas... Está sempre se metendo em confusão. O vereador dá uma grana para o Ticão tomar conta do moleque.

— Ele paga regularmente o Ticão? — perguntou Décio.

— Isso. O vereador sabe que não pode deixar o garoto solto que ele arruma problema. Então ele "contratou" o Ticão para cuidar do filho. O Ticão montou esse esquema das festinhas, ele aluga a casa, contrata a gente, e a bagunça é toda ali dentro. É melhor do que o garoto solto pela rua.

— Quem participa dessas festas, além do Bruno? — indagou o delegado.

— Que eu saiba, são quatro. O Bruno, dois primos dele e um outro que é amigo de infância do Bruno, parece que o pai dele trabalha com o vereador.

— E o Ticão contratava vocês?

— Sim. O Ticão contratava a gente e levava para as festinhas, então, conforme o gosto dos garotos, ele foi fechando o grupo que atendia ao Bruno.

— Em geral quantas meninas participavam das festas? — perguntou Luciano.

— Normalmente o Ticão colocava entre oito e dez, para os garotos terem opção.

— E o que acontecia?

— Era uma bacanal. Os garotões que iam pra lá faziam a maior farra, dançavam, bebiam, cheiravam e depois faziam sexo com a gente.

— Tinha drogas no meio? — quem perguntava era o delegado.

— Tinha.

— Você sabe quem fornecia a droga? Era o Ticão?

— Isso eu não sei dizer, delegado. Eu sei que ele nos recrutava, nos levava até lá, nós sabíamos o que fazer, nosso papel era dançar com os garotos e diverti-los. Depois o Ticão providenciava a nossa volta. Quando chegávamos na casa, tudo estava pronto, tinha música, comida e bebida. Quanto à droga, aparecia no meio da bagunça, não sei dizer a origem.

— Como era a "festinha", depois da música, das bebidas... o que rolava? — perguntou Décio.

— Sexo, só que os moleques ficavam doidos.

— Como assim? — indagou Luciano.

— A festa era regada principalmente a vinho.
— Vinho?
— Muito vinho. Os garotos são alucinados por vinho. Então eles enchiam a cara, cheiravam, aí começavam com umas coisas estranhas.
— Como assim estranhas?
Diana parou um pouco para refletir e depois continuou.
— Eles vestiam umas roupas engraçadas, pareciam soldados romanos.
— Soldados romanos? — perguntou Luciano.
— Sim. Pareciam soldados do exército romano, aquelas coisas antigas...
— Entendi, continue com a história.
— Bem, eles se vestiam com essas roupas, bebiam muito vinho e faziam a festa. Eles diziam que era em homenagem ao deus Baco. Nunca entendi direito isso, mas era como funcionava.
— É o deus do vinho, ebriedade, dos excessos, especialmente sexuais, e da natureza — falou Décio, que lia o resultado de uma pesquisa feita no celular.
— É isso mesmo — Luciano confirmou. — Baco era o deus do vinho, também chamado de Dionísio, era boêmio e festeiro, e as festas feitas em sua homenagem ganharam o nome de bacanal.
— Polícia também é cultura — sorriu Diana.
— Mais alguma coisa? — quis saber Luciano.
— Não, delegado. O que sei é isso.
— Eram sempre as mesmas meninas? — indagou Décio.
— No começo o Ticão mudava as meninas. Com o passar do tempo, os moleques foram escolhendo, e o grupo foi sendo fechado.

— Marilza, Virginia e Marcelle faziam parte do grupo? — perguntou Luciano.

— Marilza foi no começo, depois ela mesma não quis mais ficar. Virginia e Marcelle também participaram, foram recrutadas por Ticão e acabaram ficando no grupo — respondeu Diana.

— Com relação às drogas, que tipo de droga era consumida? — o delegado questionou.

— Difícil saber de tudo, delegado. Mas os garotos cheiravam cocaína.

— E vocês? — indagou Décio.

— Sempre tem uma ou outra que acabava entrando na onda. Nem todas conseguiam separar os assuntos.

— Entendi, por ora temos o bastante. Se cuide, nós voltamos a fazer contato com você — falou Luciano se despedindo da mulher.

— Até mais, delegado. Qualquer coisa pode me ligar — ela se despediu com um belo sorriso.

— Então, delegado, o que o senhor achou de toda essa história? — perguntou Décio quando se afastaram.

— Uma história bem interessante. Era uma verdadeira zona, bebida, drogas e sexo. A garotada devia endoidar, por isso as reclamações dos vizinhos. Nosso amigo Ticão vai ter muito o que explicar — falou Luciano olhando o telefone.

— Vamos — continuou o delegado. — O titular mandou uma mensagem. Ele fez contato com o comandante do batalhão sobre o nosso amigo. Ticão está nos esperando num restaurante próximo daqui. Vamos lá conversar com ele.

E os dois foram encontrar o policial militar.

TICÃO CONTA A SUA HISTÓRIA

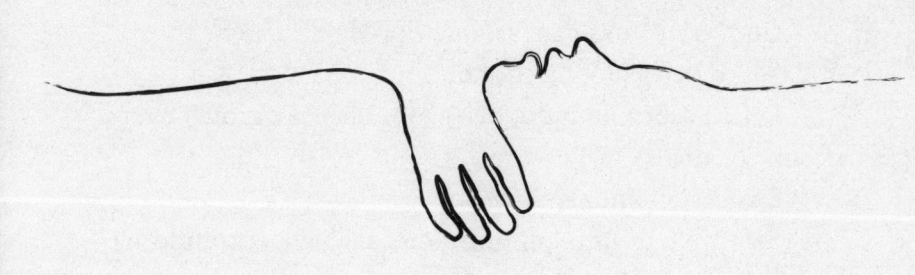

Luciano e Décio rumaram para o local indicado por Felipe para encontrar Ticão. Quando chegaram ao restaurante, o policial já esperava por eles.

— Boa tarde, como vocês estão? Soube que o delegado queria falar comigo — falou Ticão, iniciando a conversa.

— Então, você conseguiu descobrir algo sobre as mortes de Virginia e Marilza? — indagou Luciano.

— Quase nada, delegado. Sou obrigado a reconhecer que esses casos estão muito estranhos, ninguém sabe de nada, ninguém viu nada.

— Muito estranho mesmo — falou Décio. — E agora temos mais uma morte, da Marcelle, e o sumiço do Paulette.

— É verdade. Vocês acham que tudo está relacionado? — perguntou Ticão.

— Isso eu esperava que você nos ajudasse a responder. Mas, sim, a morte da Marcelle provavelmente está relacionada, as características são as mesmas. Sobre o Paulette, não temos como afirmar ainda, ele simplesmente desapareceu.

— Isso é muito estranho, Paulette nunca saiu daqui. Eu conversei com muita gente, mas ninguém soube me falar nada. A única coisa que levantei sobre a Marilza é que ela tinha tido uma discussão com a Marcelle dias antes de morrer.

— Isso nós já sabemos — emendou Luciano.

— Fiquei sabendo que ela teve uma discussão com a Diana também poucos dias antes de morrer.

— Com a Diana? — o delegado não conseguiu disfarçar a surpresa. — Você sabe que tipo de discussão?

— Parece que estava relacionada à briga com a Marcelle. Acho que seria bom o senhor conversar com ela.

— Vamos fazer isso. Agora, queria falar com você sobre algumas outras coisas.

— Diga, delegado.

— O que você sabe sobre uma casa alugada no Recreio para a realização de festinhas regadas a muito vinho e prostitutas?

Ticão não respondeu de imediato. Pegou o copo de água que estava sobre a mesa e bebeu um pouco antes de falar.

— O que eu deveria saber sobre isso, delegado?

— Ticão, vamos ser bem honestos um com o outro — disse o delegado se ajeitando na cadeira e projetando o corpo para frente, encarando de modo bem incisivo o outro policial. — Já levantamos que foi você quem alugou a casa. Aliás, temos um rastro de casas alugadas por você para a realização de festinhas. Já sabemos que aluga as casas, mas as festinhas são realizadas pelo filho do Jorginho da Vila. Sabemos que você é quem recruta as meninas aqui do calçadão para participarem dessas festas. Já sabemos que Virginia, Marilza e Marcelle foram recrutadas. Então, vamos mudar o rumo da conversa e falar sério?

Ticão encarou os policiais, depois chamou o garçom e pediu um refrigerante e batatas fritas.

— Vamos comer um tira-gosto, vocês querem beber algo? — perguntou ele.

Ticão, na verdade, queria ganhar tempo para pensar sobre o que seria melhor fazer nesse momento. Sabia que a situação era delicada. Os dois policiais iam pressioná-lo, achavam que ele sabia mais sobre a morte das prostitutas, não iam ficar satisfeitos com conversa fiada. Por outro lado, não podia falar demais ou ia ficar em uma situação muito difícil. Se, por um lado, sabia muito sobre o vereador e seu filho, por outro, ele era simplesmente um policial contra um político bem conhecido na cidade. A situação não era nada boa.

— Duas águas, por favor — Luciano pediu ao garçom e continuou a falar depois que o homem se retirou. — E então, Ticão, o que você tem a dizer sobre essas coisas?

— Delegado, eu ajudava o vereador justamente para que o garoto não criasse problemas. Eram festinhas inofensivas, não acontecia nada demais.

— Quem providencia a comida e a bebida das festinhas? — perguntou Luciano.

— Eu. Organizo tudo para que o garoto possa chegar lá com os amigos e se divertir, só isso.

— E quem são os amigos? — indagou Décio.

— Dois primos dele e um amigo de infância.

— Você também participava da brincadeira? — era Décio quem continuava a perguntar.

— Nunca participei. Não misturo as coisas, minha função era organizar a diversão para os garotos, não participar dela — respondeu Ticão, já se mostrando um pouco nervoso.

— Então, vamos aos fatos — o delegado voltou a falar.
— Você organiza as festinhas para os quatro, aluga a casa, providencia a comida, as bebidas e as garotas. Você é um cara legal, cumpre bem seu papel. Agora, das garotas que você levava para essas festinhas, três foram assassinadas da mesma forma, seguindo o mesmo ritual. Isso dá o que pensar, não?
— Isso só pode ser uma coincidência — colocou Ticão.
— Muita coincidência mesmo ou alguma coisa muito errada está acontecendo nessas festinhas. Nesse caso, você pode nos ajudar — ponderou Luciano.
— O senhor é policial há muito tempo, delegado. O senhor sabe que o que está me pedindo é muito complicado. Meu trabalho é tomar conta dos garotos e providenciar diversão para eles, só isso.
— Você é um policial militar, o seu trabalho é policiar as ruas dessa cidade. Você não trabalha para o vereador Jorginho da Vila, você é funcionário do Estado.
— Trabalho para ele nas horas de folga, delegado. Não misturo as coisas.
— Nas horas vagas você trabalha para ele, agenciando prostitutas para festinhas particulares. Muito interessante.
— Um pouco de diversão para os garotos, só isso. — Ticão esboçou um sorriso.
— Pois essa diversão pode ter custado a vida de várias pessoas — colocou Luciano.
— Calma, delegado. Isso é uma suposição. Não há como provar nada. Como eu disse, isso pode ser uma simples coincidência. Eu posso lhe garantir que os garotos só querem se divertir, não querem machucar ninguém.
— O fato é que temos três pessoas mortas e uma desaparecida — falou Luciano. — E essas mortes podem estar

relacionadas às suas festinhas. Nós precisamos descobrir quem matou essas meninas.

— Pera aí, delegado. São três prostitutas, quem se importa? — argumentou Ticão.

— São três seres humanos que foram assassinados, e nós nos importamos — falou Luciano, subindo o tom de voz, pois estava se cansando do jogo do policial. — Então, nós temos duas alternativas para esse caso, ou você nos ajuda contando tudo o que sabe ou falamos com o titular e conseguimos um mandado para invadir a casa e intimamos você, os garotos e as prostitutas para prestar depoimento. A imprensa já está na nossa cola por conta dessas mortes, imagina o que eles vão fazer se souberem que o filho do vereador Jorginho da Vila e seus primos são suspeitos. Se bobear conseguimos a prisão temporária de vocês. Tenho certeza de que o vereador iria adorar tudo isso.

Como não era bobo, Ticão já tinha levantado a ficha dos policiais que estavam investigando esse caso e, pelo que tinha de informação, sabia que Luciano não estava brincando. Tinha certeza de que estavam no momento crucial da conversa. Não podia errar agora.

— Tudo bem, delegado — começou a falar. — Vou lhe dizer o que eu sei, mas gostaria que o senhor compreendesse a minha situação, queria lhe pedir que nem o nome do vereador nem do filho sejam ventilados para a imprensa.

— Olhe só, Ticão. No momento não pretendemos colocar nenhum nome para a imprensa, quanto a isso pode ficar tranquilo, desde que você nos ajude, é claro. Só quero lembrar que, se o desenrolar das investigações apontar para os garotos, vai chegar um momento que isso vai acabar se tornando público — colocou Luciano.

— Eu sei disso — falou Ticão. — Como eu disse, eu organizo, providencio tudo, mas não participo das festas. Como eles se divertem não é problema meu. Minha função é fazer com que o garoto possa se divertir em um local fechado e não fique arrumando confusão pelas ruas da cidade.

— No que ele é bom — observou Décio.

— Ele é muito bom nisso. Foi por essa razão que o vereador me procurou, para que eu organizasse as festas e mantivesse o garoto sob vigilância. Então, como não sou nenhum inocente, quando aconteceram as duas mortes, da Virginia e da Marilza, eu conversei com os moleques para saber se eles tinham alguma relação com aquilo. Eles me juraram que não. Afirmaram que todos tinham álibi para os dias dos crimes, essas coisas.

— Pelo que você conhece deles, o que você acha? — indagou Luciano.

— São uns moleques "porra loucas", delegado. Garotos criados sem limites, que acham que tudo podem. São abusados, mal-educados, essas coisas. Agora, assassinos, não acredito, sinceramente.

— Me diga uma coisa — era Luciano quem perguntava. — Ouvimos falar sobre uma história de festa regada a muito vinho, e os garotos usando vestimentas de soldados do Império Romano, o que você sabe sobre isso?

— É verdade. Eles são aficionados nessas histórias da Roma Antiga ou coisa parecida. Então eles se vestem dessa forma nas festas e bebem muito vinho também. Mas é tudo diversão.

— Drogas? — indagou Décio.

A pergunta fez Ticão travar.

— Algum problema, Ticão? — quis saber o delegado.

— Não, está tudo bem. Olhe bem, delegado. Minha missão era organizar a diversão para os garotos, bebida e mulheres. Isso eu fazia. Sobre as drogas, sempre adverti que não era uma boa, pois isso traria problemas. Conversei isso com o vereador e ele concordou, mas o senhor sabe com são os jovens. Vinha rolando alguma coisa nesse sentido, e eu estava levantando a situação. Uma das meninas passou mal por conta da cocaína e por pouco não foi parar no hospital. Eu conversei com eles e com o vereador tentando mostrar o perigo dessa questão. Você ir parar no hospital por coma alcoólico é uma coisa, agora, por conta de cocaína, é outra totalmente diferente. Briguei com eles por causa disso e me disseram que não iriam mais deixar entrar drogas nas festas.

— Você sabe como essas drogas entravam na casa?

— Não. Eu nunca coloquei drogas nas mãos desses moleques, posso lhe assegurar. Aqui no calçadão é uma coisa, nas festinhas é outra. E sempre adverti as meninas que não queria saber de drogas nas festas com eles. Todas eram avisadas.

— Então você não sabe quem colocava a droga lá dentro? — insistiu Luciano.

— Não, delegado. Eu estava tentando levantar isso, mas não consegui descobrir nada. Então começaram as mortes. Depois que a Marilza morreu, eu avisei que iria dar um tempo com as festas.

— Então a questão das drogas era anterior aos homicídios? — questionou Décio.

— Sim, eram anteriores, e eu já vinha correndo atrás disso, mas ainda não consegui descobrir a origem da droga. É tudo o que eu sei sobre essa questão.

— E o que você descobriu sobre as mortes? — Luciano voltou ao ponto inicial da conversa.

— Realmente muito pouco, como eu havia dito. Algumas delas estavam tendo desavenças, mas isso é normal nesse ramo. Fora isso, não consegui levantar nada de diferente ou estranho.

— Havia disputa para participar dessas festinhas que você organizava?

— Sempre ocorre esse tipo de desavença, delegado. Afinal era um dinheiro bom e certo, diante de uma noite de incertezas no calçadão. E todas tinham a esperança de se tornar caso fixo de um dos moleques, isso podia render um dinheiro. Então sempre havia alguma tensão, quem ficava de fora fazia cara feia pra mim, mas isso passava.

— Como você escolhia as meninas? — perguntou Décio.

— Levei os primeiros grupos por minha conta. Com o passar do tempo, eles foram selecionando quem ficava e quem saía. Depois de um tempo, passei a recrutar somente quem eles pediam — respondeu Ticão. — Posso lhe ajudar em mais alguma coisa, delegado?

— Não, por ora acho que está tudo certo. Se souber de mais alguma coisa, nos avise — recomendou Luciano.

— Tudo bem, delegado. Pode deixar.

Luciano e Décio pagaram pela água e saíram.

Ticão permaneceu no restaurante, não pretendia deixar a batata frita para trás. Ficou pensando sobre a conversa que acabara de ter. *É, a situação está se complicando, preciso tomar algumas providências urgentes para me resguardar. O bicho vai pegar, e preciso estar preparado para o que vai acontecer. Bem, não adianta ficar com lamentações, é preciso agir. É exatamente o que vou fazer.* Concluiu ele enquanto saboreava a batata.

Luciano conversa com o delegado

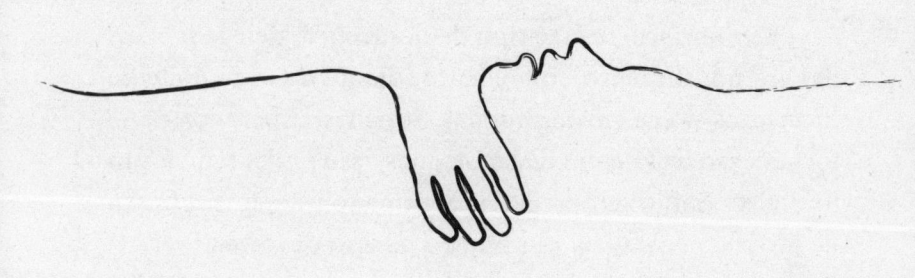

Antes de voltarem para a delegacia, Luciano fez uma ligação, precisava tomar algumas providências. Na volta, Décio percebeu que o delegado estava muito quieto. Como o conhecia bem, achou melhor não falar nada. Quando os dois chegaram à delegacia, Luciano foi direto para a sala do titular.

— E então? — quis saber Felipe.

— Muita coisa para relatar — disse Luciano e primeiro explicou a conversa com a juíza Débora.

— O que você achou dessa conversa com ela? — indagou Felipe.

— Bem, as colocações que ela fez têm sentido, não tentou se esconder durante a nossa conversa. Ela me pareceu sincera. De qualquer forma, se fosse para mentir, era melhor ter se recusado a nos receber.

— Você tem razão. E nosso amigo Ticão?

— Esse está enrolado até o pescoço e sabe disso. Já admitiu que trabalha para o vereador, é uma espécie de cão de guarda do garoto. Aluga as casas, recruta as prostitutas e organiza as festas para os garotos se divertirem. Diz que não participa das festinhas, mas ele não é bobo e sabe que vai se encrencar se esses moleques tiverem matado alguém.

— Você acredita que podemos conseguir alguma colaboração dele?

— É difícil dizer, o sujeito é muito escorregadio. Se, por um lado, está ligado ao vereador e sabe que pode se dar muito mal numa briga com o político, por outro lado, tem o instinto de preservação. Ele também sabe que o vereador pode pular fora do barco com os garotos e deixá-lo afundar sozinho. Difícil prever o que ele fará agora, mas com certeza irá se mexer. Por falar em se mexer, mandei Marcus Vinícius e Paulinho para Copacabana, quero os dois de olho no Ticão e na Diana.

— Ótimo. É bom acompanharmos os passos do nosso amigo, também acho que ele vai se movimentar. Você acha que a Diana corre algum perigo com ele?

— É bom prevenir. Ela pertence ao grupo das prostitutas que foram assassinadas, é amiga do Paulette, que continua sumido, e também participou de algumas dessas festas. Ela é um arquivo vivo, e o Ticão está ficando acuado. Mesmo que ele não tenha nenhuma relação com essas mortes, essa confusão toda vai destruir os negócios dele com o vereador e com as prostitutas, ele tem muito a perder.

— É verdade.

Nesse momento bateram na porta, era Décio precisando falar urgentemente com Luciano.

— O que houve? — perguntou o delegado.

— Encontraram um carro incendiado lá no Recreio, perto da casa das festas, com um corpo carbonizado dentro.

— Que carro é esse?

— Eles identificaram o proprietário como Marcelo Henrique de Paiva — falou o investigador, lendo o nome num pedaço de papel.

— Esse... — O delegado não completou a frase.

— Esse é o nome do Paulette — emendou Décio.

— Porra, agora não falta mais nada — falou Luciano, se levantando. — Vamos para lá.

Os dois policiais rumaram para o local o mais rápido possível.

Outro Corpo

Luciano e Décio chegaram o mais rápido possível ao local. O carro tinha sido abandonado bem no final do Recreio, depois da casa alugada por Ticão. O local era deserto, bom para executar esse tipo de ação.

— Vamos ver o que conseguimos por aqui — falou Luciano saltando do carro.

Os dois investigadores que tinham ido atender à ocorrência foram falar com Luciano assim que ele chegou.

— Como vai, delegado? — perguntou um deles.

— Bem, na medida do possível. O que vocês já conseguiram levantar?

— Não muito. O pessoal da perícia está cuidando de tudo. Achamos melhor chamar o senhor assim que tivemos a identificação do dono do carro. Creio que esteja relacionado com o seu caso.

— Obrigado, é bem provável que tenha relação direta com a nossa investigação. Alguma identificação da vítima?

— Tinham alguns documentos dentro do carro, mas estão bem chamuscados. Estão com o perito, é melhor o senhor falar com ele.

— Ok, vamos lá.

Os dois foram até o local em que se encontrava o carro. Parecia um veículo antigo.

— Como vai, Luís? — perguntou o delegado.

— Tudo bem, delegado. Tudo bem — repetiu ele olhando para o carro.

— O que pode nos dizer?

— Carro antigo, muito rodado, uns vinte anos, eu diria. Quem fez isso queria matar o sujeito, mas não queria chamar a atenção mais do que o necessário.

— Como assim? — perguntou Décio.

— É que tiveram o cuidado de retirar a gasolina, não queriam correr o risco de uma explosão. Usaram só o suficiente para queimar o carro e o sujeito.

— É, uma explosão chamaria atenção antes da hora — ponderou Luciano. — E a vítima?

— Totalmente queimada, vamos ter trabalho para fazer o reconhecimento, mas acredito que vamos conseguir. Só vai demorar um pouco, nesse momento não tenho muito o que dizer. Vamos remover o corpo, depois do exame lhe dou notícias.

— Tudo bem. E os documentos?

— Estão aqui. — O perito entregou um saco plástico com os documentos para o delegado.

Luciano deu uma olhada nos papéis, estavam quase todos queimados, mas havia o suficiente para identificar o dono. O delegado deu uma volta completa em torno do carro, observando o veículo. Parou em frente à janela do motorista e fitou a figura disforme à sua frente. Mais uma pessoa assassinada, e ele nada pôde fazer.

— E agora, delegado, o que vamos fazer? — perguntou Décio.

— Vou dar uma olhada por aqui, ver se encontro alguma coisa. Depois vamos voltar para a delegacia. Ligue para o Marcus Vinícius, veja como estão as coisas em Copacabana. Que marcas são essas? — Luciano perguntou ao perito, apontando para o chão.

— Moto. Temos as marcas de carro e essas marcas de moto que chegam até aqui. Só as marcas de moto voltam para a estrada. Quem fez isso saiu daqui nessa moto. Só encontrei pegadas próximas ao veículo.

— Os assassinos saíram de moto então... — falou o delegado.

— Os... você acha que era mais de um?

— Sou capaz de apostar que sim. Você notou algum sinal de briga ou algo parecido?

— Não, nada. O serviço foi limpo, tudo bem arrumado.

— Pois é. Não acredito que uma pessoa só tenha feito isso, aposto em dois.

O perito refletiu antes de responder.

— É, o senhor tem razão. Está tudo muito arrumado, parece coisa planejada.

— Bem planejada. Depois me mande o que conseguir.

— Pode deixar, delegado.

Luciano voltou para o carro, e os dois retornaram para a delegacia.

A INVESTIGAÇÃO PROSSEGUE

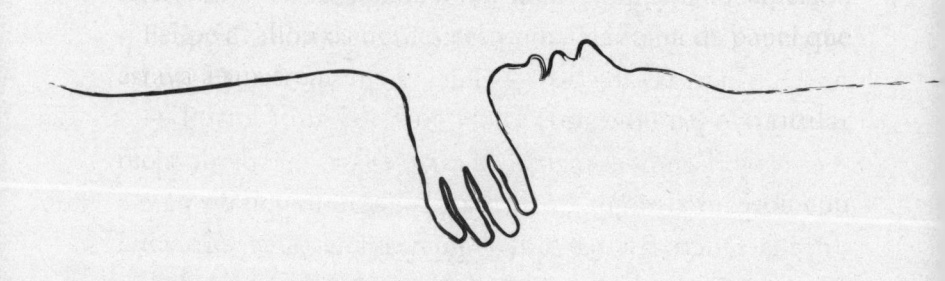

A o retornar à delegacia, Luciano foi conversar com o titular.

— E, então, Luciano, era ele?

— Ainda dependemos da confirmação da perícia, mas tudo indica que sim.

— A situação está ficando complicada demais. Ainda estamos patinando na investigação e agora perdemos uma figura que parece ter envolvimento com todo o caso — refletiu o delegado.

— É, você tem razão, isso está com cara de queima de arquivo — retrucou Luciano.

— E a outra prostituta, a Diana, acha que ela pode ser a próxima?

— É bem possível.

— Você já conversou com ela?

— Ainda não. Mas pedi que o Marcus Vinícius e o Paulinho se revezem na vigilância dela, mesmo que ela não saiba. Eles estão monitorando os passos dela. Acho que seria bom solicitarmos a quebra do sigilo telefônico do Paulette para descobrirmos com quem ele falou antes de sumir.

— Boa ideia — falou o delegado Felipe. — Vou solicitar imediatamente. E, agora, o que você pretende fazer?

— Vou a Copacabana conversar com a Diana, informar sobre o Paulette. E também vou discutir uma estratégia com os rapazes para mantermos Diana e Ticão sob vigilância.

— E o Ticão, acha que ele pode estar envolvido na morte do Paulette?

— É uma possibilidade. Vamos monitorar esse cara. Bom, vou voltar para minha sala. Mantenho você informado dos acontecimentos.

— Tudo bem. Vamos trabalhar o mais rápido possível antes que isso vire uma matança sem fim.

Luciano voltou para sua sala. Sobre a mesa, tinham deixado os relatórios sobre as mortes de Virginia, Marilza e Marcelle. O exame apontou traços de cocaína no sangue de Marcelle e Virginia, mas o teste deu negativo no caso de Marilza. Luciano achou interessante, pois esperava que o resultado fosse positivo para as três. Depois de refletir por alguns segundos, pegou o celular e discou para o número que a juíza havia dado.

— Como vai, excelência? É o delegado Luciano.

— Como vai, delegado? Alguma novidade? — perguntou ela.

— Não muitas. Tivemos a morte de mais uma menina e agora a suspeita da morte de um travesti que também era amigo da Marilza e tem relação com o caso.

— Um travesti... então o senhor não conseguiu avançar muito. — A juíza deixou a frase no ar.

— Avançamos em algumas coisas, mas ainda precisamos encaixar algumas peças nesse quebra-cabeça. Por isso estou ligando para a senhora, gostaria de fazer uma pergunta sobre a Marilza.

— Pois não, delegado. Pode falar.

— É um pouco delicado perguntar isso, mas a Marilza tinha algum vício?

— Vício?

— Sim, por acaso ela era usuária de drogas?

— Delegado, a Marilza podia ser uma prostituta, mas drogas ela nunca usou.

— Ela alguma vez falou com a senhora sobre o uso de drogas por parte das outras meninas?

A juíza Débora refletiu por um momento antes de responder.

— Bem, há algum tempo, não muito, ela falou sobre isso. Foi um comentário rápido, mas ela falou sim.

— Qual foi o comentário dela? — quis saber Luciano.

— Ela reclamou que algumas meninas estavam se envolvendo com drogas e isso não era bom. Ela disse que precisava resolver aquilo.

— Ela mencionou nomes?

— Não, delegado. Só falou isso.

— Entendo, então ela era contra drogas?

— Que eu saiba, sempre foi. Para o senhor ter uma ideia, nem de bebida alcoólica ela gostava.

— Ela não bebia? — perguntou Luciano espantado.

— Não. Raramente bebia. Somente em ocasiões especiais e mesmo assim muito pouco. Isso tem alguma relevância?

— Pode ter muita relevância, excelência, se considerarmos que a autópsia apontou vestígios de vinho no sangue dela — respondeu Luciano.

— Vinho? Isso é novo para mim, não me lembro da Marilza bebendo vinho. Confesso que estou surpresa, delegado.

— Bem, era isso que eu queria verificar com a senhora, agradeço sua disponibilidade.

— Fico feliz em poder ajudar, é o mínimo que posso fazer pela Marilza. Me mantenha informada, por favor.
— Pode deixar. Muito obrigado pela ajuda.
A informação da juíza era interessante. Luciano chamou Décio à sua sala e relatou a conversa.
— Não deixa de ser interessante. A Marilza não bebia, mas encontramos vinho no sangue dela. O que o senhor acha? — perguntou Décio.
— Não tenho certeza, mas, se confiarmos na informação da juíza, a Marilza só bebia, mesmo pouco, em situações especiais. Seguindo esse raciocínio, quem matou a Marilza pode ter proposto um brinde a ela por algum motivo. Isso significa que era alguém em quem ela confiava.
— O senhor acha que a juíza pode estar mentindo?
— Sempre é possível, ainda não podemos ter certeza de que ela está falando a verdade. Lembre-se que ela tem muito a perder com o envolvimento nesse caso.
— Nisso o senhor tem razão — ponderou Décio. — E agora?
— Bem, agora, quero que você vá a Copacabana e converse com Marcus Vinícius e Paulinho, quero que vocês vigiem os passos da Diana e do Ticão. Quero vigilância sobre eles o máximo possível.
— Tudo bem. O senhor acha que ela pode ser a próxima?
— Acho bem possível. Amanhã cedo vou conversar com ela e falar sobre o Paulette.
— É verdade, acho que ninguém sabe ainda. Devemos avisar que ela vai ficar sob nossa proteção?
— Por enquanto não. Uma vigilância ostensiva pode chamar a atenção de pessoas como o Ticão. Vamos manter uma discreta vigilância e ver o que acontece.
— Tudo bem, delegado. Estou indo para Copacabana. Falo com o senhor mais tarde.

Com Diana

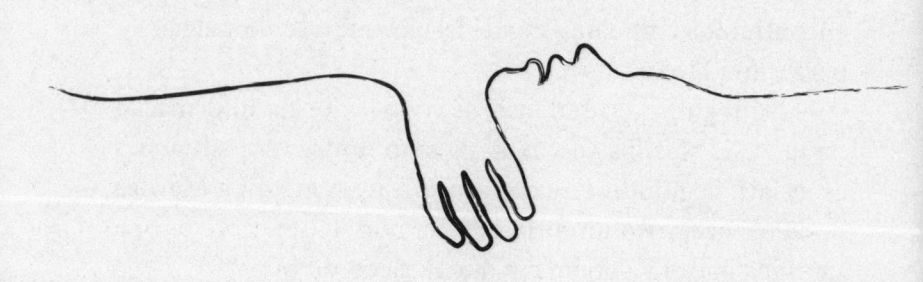

Na manhã seguinte Luciano foi direto para Copacabana falar com Diana.

— Bom dia, delegado, tudo bem? — falou ela, abrindo a porta do apartamento.

— Bom dia, Diana, desculpe vir logo cedo, mas precisava falar com você — respondeu ele.

— Tudo bem, sem problema. O que quer falar comigo? — indagou ela, apontando uma cadeira para que o delegado pudesse se sentar. — Aceita um café?

— Um café é sempre bem-vindo, agradeço — falou o policial enquanto se acomodava.

— Só um momento, delegado, acabei de passar um cafezinho agora, já trago.

Após alguns minutos, Diana voltou com o café.

— Então, me diga o que o traz até aqui.

— Na verdade, as notícias não são boas. O carro do Paulette foi encontrado num lugar de pouco movimento, lá no Recreio.

— Como o carro dele foi parar lá? E ele? — Aflita, ela colocou o copo sobre uma pequena mesa.

Luciano respirou fundo antes de falar.

— O carro foi incendiado. Havia um corpo dentro, estamos tentando identificar se era o Paulette.

A mulher ficou parada, fitando o policial por alguns segundos, depois caiu no choro.

— Não posso acreditar que o Paulette está morto. O senhor tem certeza?

— Na verdade, ainda não temos certeza, pois o corpo estava carbonizado. Estamos aguardando o resultado da perícia, mas tudo indica que seja ele.

— Coitado, ele estava com muito medo. Chegou a brigar comigo quando conversei com você lá no cemitério. Ele achava que não devíamos nos envolver. Acho que ele estava certo — ela se esforçou para falar.

De repente, ela parou e voltou a encarar Luciano, agora seu olhar deixava transparecer uma expressão de desespero.

— Agora, depois do Paulette, quem será a próxima vítima? Acho que eu sou a próxima, me arrisquei demais falando com você. E agora... — O resto da frase não saiu da boca de Diana.

— Mantenha a calma — falou Luciano, tentando acalmar a mulher. — Sei que tudo isso é muito difícil, que você está muito assustada, mas vamos dar um jeito de proteger você e encontrar quem fez isso.

— Só pode ter sido o Ticão. Só pode ter sido ele — falou ela, dando um pulo da cadeira.

— Calma. Nós estamos de olho nele. Você precisa se acalmar.

— Como vou me acalmar, delegado? Eu posso ser a próxima vítima desse cara.

— Por que você acha que foi o Ticão?

— Quem mais poderia ser? Ele conhece todo mundo aqui, controla o jogo, a prostituição e a venda de drogas nessa área. Quem mais poderia ser? As coisas estão todas ligadas.

— Tudo bem. Nós estamos investigando todas as possibilidades, inclusive o Ticão. Se for ele, vamos pegá-lo. Mas você precisa se acalmar.

— O que eu faço a partir de agora?

— Preciso que você fique em casa o máximo possível, só saia se for estritamente necessário.

— Mas como eu vou fazer para trabalhar? Se não for para o calçadão, como vou ganhar dinheiro?

— Eu entendo sua situação, mas isso é por pouco tempo. Você costuma atender seus clientes aqui?

— Só alguns, os mais antigos e de confiança.

— Então seria melhor você atender somente esses clientes. Eu sei que é complicado, mas preciso da sua ajuda, que você fique fora das ruas o máximo que puder. Estamos de olho no Ticão, mas preciso que você tome muito cuidado.

— Tudo bem, delegado. Pode deixar.

— Bem, agora preciso ir, mas mantenho contato com você. Me empresta um papel e uma caneta?

Ela entregou o que ele havia pedido.

— Aqui — disse ele, escrevendo. — Vou deixar com você o número do telefone dos rapazes, caso precise de algo e não consiga falar comigo.

— Tudo bem — falou ela, pegando o papel. — Conte comigo, delegado.

O policial deixou o apartamento de Diana. Na rua encontrou Marcus Vinícius.

— Tudo bem por aqui?

— Sim, delegado. Tudo certo. O Décio está na cola do Ticão. Eu e Paulinho vamos nos revezar aqui, de olho nela.
— Ótimo, vou voltar para a delegacia. Qualquer coisa, me liguem.

DE VOLTA À DELEGACIA

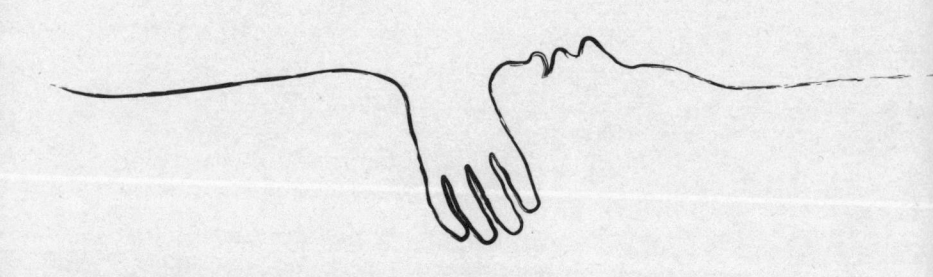

Quando Luciano ia deixar Copacabana, seu celular tocou. O número era desconhecido, mas ele já o tinha visto antes, era o mesmo que mandara diversas mensagens para ele. Era da jornalista Márcia Araújo. Estava evitando o encontro, por isso não tinha respondido às mensagens dela. Nem havia atendido a duas chamadas anteriormente. Estava ficando complicado evitá-la, achou melhor atender.

— Alô.

— Delegado Luciano? — perguntou a voz feminina ao telefone.

— Eu.

— Aqui quem fala é Márcia Araújo, sou repórter e gostaria de conversar com você sobre as mortes dessas prostitutas.

— Eu estou um pouco ocupado.

— Por favor, delegado. Há dias que estou atrás de vocês. O titular Felipe me passou o seu contato, mas não estou conseguindo falar com você. Preciso fazer algumas perguntas, mas prometo que não vou tomar muito o seu tempo.

Luciano pensou um pouco, deu uma suspirada e respondeu.
— Tudo bem, desde que seja rápido.
— Vai ser. Onde posso encontrá-lo?
— Estou saindo de Copacabana e retornando para a delegacia, você pode me encontrar lá?
— Posso. Na Homicídios?
— Isso.
— Ok, vejo o senhor lá em uma hora, está bem assim?
— Combinado, nos vemos lá.

Luciano fez o trajeto para a Barra pensando no caso e no que iria dizer para a repórter.

Pouco mais de uma hora depois de sair de Copacabana, Luciano chegava à Delegacia de Homicídios, na Barra, onde Márcia já o aguardava.
— Delegado Luciano? — perguntou ela.
— Isso. Como vai?
— Bem, gostaria de fazer umas perguntas.
— Tudo bem, vamos até a minha sala — falou ele, conduzindo a moça até lá.

Depois de se acomodar e oferecer água e café para a repórter, Luciano se colocou à disposição.
— Pois não, o que você quer perguntar?
— Pelas informações que temos, são três prostitutas mortas em menos de um mês, está correto?
— Isso, temos três casos de assassinato envolvendo prostitutas de Copacabana. O intervalo de tempo é de pouco mais de três semanas.
— Uma por semana? — indagou ela.
— É, mais ou menos isso.
— Os três casos são de homicídio ou há alguma chance de acidente ou suicídio?

— Não, nenhuma chance. Com certeza são três homicídios.
— Então existe uma relação entre os três casos? Foram cometidos pela mesma pessoa?
— Os três casos guardam semelhanças entre si, o que nos leva a acreditar que tenham sido cometidos pela mesma pessoa, mas ainda não temos como afirmar.
— Que semelhanças seriam essas?
Luciano esboçou um sorriso, sabia que começava ali seu embate com a repórter.
— Você sabe que não posso lhe dizer muita coisa. O que posso dizer é que a maneira de agir foi a mesma nos três casos.
— As três foram estranguladas.
— Sim, as três estranguladas. A mesma cena, por isso acreditamos que eles estão diretamente relacionados.
— A polícia já tem alguma suspeita?
— Estamos trabalhando com algumas hipóteses, e você sabe que não posso falar mais do que isso.
— Você sabe que eu vou insistir. — Ela deu um sorriso para ele.
— Eu entendo, faz parte do seu trabalho.
— Lá em Copacabana, um passarinho me contou que existem policiais envolvidos nessa história, é verdade?
— Esse passarinho anda cantando demais. Como eu disse, estamos seguindo algumas linhas de investigação, mas ainda não temos nada conclusivo que possa ser divulgado.
— O senhor não negou que houve policiais envolvidos, então posso deduzir que o canto é verdadeiro? — arriscou ela.
— Não neguei, nem afirmei. Não estou dizendo nada. O que tenho para você é que estamos investigando e temos algumas hipóteses que estamos avaliando, nada além disso. O resto fica por sua conta.

— Vamos lá, delegado. O senhor ficou dois dias enrolando para me atender, agora me dê pelo menos uma pista — era quase uma súplica.

— Você sabe que não posso falar mais do que isso ou posso colocar a perder todo nosso trabalho.

— Eu entendo sua posição também, delegado. Mas preciso de uma história.

— O que eu posso prometer é que você terá sua história, quando tivermos o nosso culpado.

— Mas isso pode demorar demais, não tenho todo esse tempo. Me dê mais alguma coisa, delegado.

— Bem — falou ele se levantando e encarando a moça —, não posso lhe dar muito. Mas acho que seu passarinho pode cantar que, em nenhum dos casos, houve resistência.

— Isso significa que o assassino era conhecido delas.

— Viu, seu passarinho é um bom cantor.

Márcia sabia que aquele era o limite, não iria conseguir arrancar mais nada de Luciano. Por ora teria que se conformar.

— Obrigado, delegado — se despediu a repórter.

— Até logo e boa sorte.

— Para o senhor também.

Depois que a jovem saiu, Luciano se concentrou nas anotações feitas sobre os três casos. Três mulheres, todas prostitutas, mortas com uma diferença de tempo de uma semana entre elas. A forma como os assassinatos foram cometidos era idêntica, o que indicava um único culpado. Faltava um elo que os unisse e explicasse o porquê de tudo aquilo, era o que Luciano precisava descobrir.

Ficou horas em sua sala anotando os detalhes, escrevendo as possibilidades que passavam por sua cabeça, tentando encaixar as peças. Mas seu quebra-cabeças ainda estava incompleto. Quando se deu conta, já era noite. Pegou suas coisas e foi para casa.

TICÃO E O VEREADOR

Naquela mesma noite Ticão voltava a encontrar o vereador Jorginho da Vila. Os dois se encontraram no Aterro do Flamengo, atrás do Monumento Estácio de Sá, um ponto de pouco movimento à noite.

— E, então, Ticão, como estão as coisas? — perguntou o vereador assim que entrou no carro do policial. Tinha vindo com seus seguranças, mas estes foram dar uma volta para não ficar com o carro parado, evitando chamar atenção.

— Nada bem, vereador.

— Como assim?

— O pessoal da Homicídios está apertando o cerco. Eles já sabem sobre as festinhas que organizávamos.

— E o que tem isso demais? Os garotos não podem se divertir?

— O problema é que eles se divertiam com um grupo de prostitutas, em que três destas foram assassinadas.

— Três? Você disse que eram duas.

— Uma delas fez parte do grupo no começo, depois saiu. As outras duas ainda faziam parte.
— O que eles têm de concreto?
— Eles sabem que os garotos faziam aquela porra daquela encenação com as roupas de romanos, muito vinho, essas coisas.
— Sempre achei essa coisa de se vestir de romano uma babaquice, tomar vinho tudo bem, mas se vestir de romano já é demais, mas isso não é motivo para acusar ninguém de assassinato — falou o vereador.
— É verdade, e eles ainda não acusaram ninguém. O problema é que os garotos inventaram essa história das vestimentas romanas com as festas regadas a muito vinho, e o assassino deu justamente vinho para as vítimas antes de matá-las. Isso levantou suspeitas para o pessoal da Homicídios.
— Me diz uma coisa — falou o vereador. — Quando organizou esse grupo, você me disse que as pessoas eram de confiança, mas tem alguém dando com a língua nos dentes. Como esses caras ficaram sabendo de todos esses detalhes das festas que os garotos davam?
— Eu tenho duas hipóteses para isso, uma é de um travesti, o Paulette.
— Porra, ainda tem um travesti na história? — rosnou o vereador. — Esses moleques filhos da puta tinham que enfiar um travesti na história.
— Ele sempre foi muito bem-vindo nas festas e participava de praticamente todas — falou Ticão, disfarçando o sorriso. Não queria mencionar o fato de que um dos sobrinhos do vereador se dava muito bem com Paulette. Era melhor não falar, o momento não era para provocações.
— Você acha que foi ele quem abriu a boca?

— Pode ser. A bicha sempre foi linguaruda.
— Como resolvemos isso?
— Já está resolvido, o viado estava sumido, virou churrasquinho dentro do próprio carro — desta vez Ticão não escondeu o sorriso.
— E qual a outra hipótese? — quis saber Jorginho.
— É uma prostituta chamada Diana, ela era muito amiga das mortas e andou conversando com o delegado.
— Deixa eu adivinhar, ela também participava das festinhas?
— Exato, também esteve em várias.
— Puta que pariu. Por que não queimaram essa também no carro?
— Esse caso está mais difícil. O pessoal da Homicídios está monitorando ela. Vai ser mais complicado, mas pode ficar tranquilo que vou criar uma oportunidade para resolver o problema.
— Enquanto isso, o que eu faço com os garotos?
— Eu já disse, por enquanto nada de festas, vereador. Se fizermos uma festa agora, eles cercam tudo e vai todo mundo preso — falou o policial. — O melhor, no momento, seria tirar o garoto de circulação, até para dificultar a vida deles, caso queiram ouvir o Bruno. A casa de algum parente fora da cidade seria uma boa saída.
— Isso é tranquilo, vou providenciar — falou o vereador. — Então é isso, não deixe de me repassar os acontecimentos.
— Pode deixar, vereador. Vou continuar monitorando o pessoal da Homicídios e vou mantendo o senhor informado — falou Ticão, se despedindo.

Duas revelações

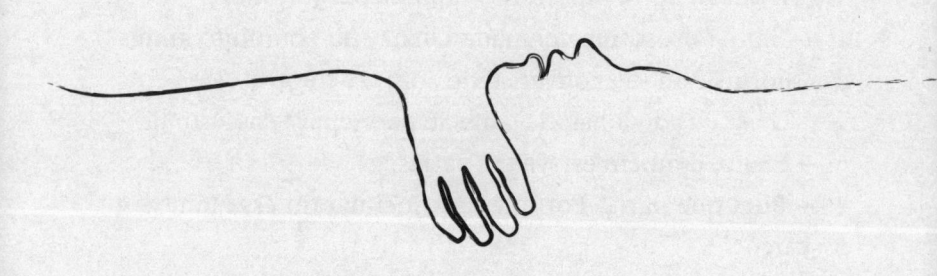

Já passava das onze horas da noite quando o telefone do delegado tocou, era Décio.
— Pode falar. Ainda está na rua?
— Não, delegado, já cheguei em casa. Só para lhe informar que nosso amigo Ticão esteve com o vereador essa noite.
— Muito bom, ele está se mexendo. Deve estar preocupado.
— Deve estar. Encontrou o vereador lá no Aterro, um papo reservado enquanto os seguranças do político davam uma volta. Conversa ao pé do ouvido.
— Ótimo. Obrigado por avisar. Nos encontramos amanhã na delegacia.
Depois da rápida conversa com Décio ao telefone, Luciano se deitou. Pretendia estar cedo na delegacia, mas precisava descansar um pouco. Aquele caso estava deixando-o angustiado, quatro pessoas já tinham perdido a vida, e eles ainda não haviam encontrado o culpado. Quantas mortes ainda poderiam acontecer? E se a investigação apontasse efetivamente

para o vereador ou para a juíza? Conseguiriam seguir em frente? Conseguiriam proteger Diana e as outras prostitutas? Eram tantos os questionamentos que povoavam a cabeça do delegado que ele demorou para pegar no sono.

Mesmo tendo demorado a dormir, às seis e meia da manhã já estava de pé. O sol já dava mostras de que iria brilhar e seria mais um dia quente. Tomou um banho, um rápido café e partiu para a delegacia. O percurso era longo entre Santa Tereza e a Barra, por isso queria sair cedo de casa.

Por volta das nove, já estava na delegacia. Assim que chegou, conferiu com Décio e Marcus Vinícius como estava a movimentação de Diana e Ticão.

Marcus Vinícius avisou que Diana ainda não saíra de casa, estava tudo tranquilo. Décio informou que o policial militar também não saíra de casa ainda. Era sua folga no batalhão.

O dia parecia estar começando tranquilo. Luciano voltou a analisar sua papelada quando um policial veio lhe entregar um envelope.

— O delegado Felipe pediu para lhe entregar — falou o homem.

— Obrigado, Sérgio.

Luciano verificou o conteúdo, era a documentação referente ao sigilo telefônico de Paulette. *Vamos ver o que temos aqui, espero que possamos extrair muita informação útil desse material.*

Luciano não perdeu tempo e se debruçou sobre as folhas de papel. Passou mais de uma hora analisando o material, anotou dois números de telefone num papel em branco. Nesse momento Décio mandou uma mensagem: "Nosso alvo está se movimentando, em breve avisarei o destino". As pessoas estavam se movimentando, e as coisas começando a acontecer. Pegou duas folhas de papel e foi para a sala do titular.

— Bom dia, Luciano.
— Bom dia, delegado.
— E então? Por favor, me diga que temos novidades.
— Acho que temos novidades muito interessantes — falou Luciano.
— Vamos lá, então. Fale logo — disse o delegado, se ajeitando na cadeira.
— Recebi o material que você me mandou, o sigilo telefônico do Paulette.
— E... — incentivou Felipe.
— E descobri umas coisas bem interessantes. — Luciano colocou o papel onde havia escrito os dois números na frente do delegado. — Identificamos diversas chamadas desses dois números para o Paulette na última semana.
— De quem são?
O delegado pegou uma caneta e escreveu o respectivo nome ao lado de cada número.
— O quê? — indagou o delegado, dando um pulo da cadeira e apontando para o primeiro número — A juíza? Mas o que ela poderia querer com o Paulette? Você sabia que eles se conheciam?
— Pois é. Na última semana a juíza tentou falar várias vezes com o Paulette, pelo jeito ele não atendeu. Ela chegou a deixar um recado, mas ele não retornou. Na conversa que tivemos, ela não mencionou que conhecesse ele.
— Isso muda muita coisa. Será que ele conhecia outras pessoas nessa história?
— Não sei, mas acho que vamos precisar ter outra conversa com a *vossa excelência*.
— Também acho, vamos ter que ser mais incisivos com ela. E o outro número? — falou ele, apontando para o papel.

— As ligações desse número não me causaram espanto. O que me chamou a atenção foi isso — o delegado colocou o papel com os registros das ligações na frente do delegado e apontou para as linhas assinaladas a caneta.

O delegado Felipe analisou o conteúdo e soltou um sonoro palavrão quando terminou de processar a informação.

— Puta que pariu. Mas como? Só temos duas explicações.

— Luciano interrompeu o que estava falando quando seu telefone voltou a tocar, era Décio.

— Pode falar — disse Luciano.

O delegado ouviu atentamente o investigador.

— Tudo bem. Me aguarde aí, vou o mais rápido possível.

— O que houve? — perguntou Felipe.

— Nosso alvo se mexeu, acho que vamos ter barulho.

— Vai precisar de reforços?

— Vou ver se o Paulinho já chegou, se ele não estiver, aí vou precisar.

— Verifique. Se ele não estiver, leve o Sérgio com você — falou o delegado. — Espere, vamos fazer melhor. Não sabemos o tamanho dessa encrenca, eu e o Sérgio vamos com você.

— Ótimo — falou Luciano. — Vou pegar minha arma e encontro vocês no carro.

Saindo da sala, Luciano encontrou Paulinho, que acabara de chegar.

— Vamos, temos uma urgência.

— Vamos lá. O dia já está movimentado assim?

— Sim. E, se meu pensamento estiver correto, vai ficar mais movimentado ainda.

Luciano voltou à sala, pegou a arma e foi com Paulinho para o estacionamento. De lá os quatro policiais rumaram para o endereço que Décio passara.

O ENCONTRO

Ticão chegou um pouco ansioso à casa no Recreio. Num primeiro momento estranhou o pedido para aquele encontro. Depois de refletir um pouco, achou interessante, pois era uma boa oportunidade para colocar os pingos nos "is" e resolver várias questões. Ficou aguardando.

— Olá, Ticão — falou a mulher, entrando na casa, já que o policial havia deixado o portão apenas encostado.

— Como vai? Fiquei surpreso com a sua ligação. O que você quer? — indagou ele.

A mulher ficou parada um tempo, olhando para o policial antes de falar.

— Clarear os fatos. Acho que está na hora de esclarecermos o que aconteceu com a Marilza e as outras meninas.

— Não sei se isso é da sua conta, acho que é um problema da polícia, mas podemos falar sobre isso, se você quiser — retrucou Ticão.

— É da minha conta sim. Aliás, esse assunto é muito importante para mim — falou a mulher, sua voz não demonstrava nenhuma emoção. — Várias pessoas foram assassinadas, e alguém deve pagar por isso.

Em um gesto de deboche, Ticão aplaudiu a mulher.

— Bravo, adorei o discurso. Se você fosse candidata, teria meu voto.

— Não vi nenhuma graça, você é tão ruim como humorista quanto é como policial. Vamos tratar do que interessa. Marilza, Virginia, Marcelle e Paulette, quem vai pagar por isso?

— Já disse que isso é um problema da polícia. A Homicídios está investigando, uma hora eles vão descobrir quem fez isso.

— Por que não ajudamos a polícia? Você não é policial?

— Pelo jeito você sabe de muita coisa, então, por que não vai diretamente até eles e ajuda o delegado a resolver o caso?

— É isso que pretendo fazer. Entregar o culpado para a polícia.

Ticão voltou a bater palmas.

— Um gesto muito nobre da sua parte. Por acaso você sabe quem é o responsável pelas mortes?

— Claro que sei — respondeu ela.

— Então você está na profissão errada, deveria ser detetive. A busca pela justiça, punição para todos os culpados. Motivos muito nobres — falou Ticão, que resolvera provocar a mulher, estava se sentindo muito confiante, pois estavam apenas os dois ali, e, além de ser muito mais forte, ele estava armado.

— Então me diga, estou curioso para saber quem matou elas.

— Isso vai depender de você — falou ela com muita tranquilidade, abrindo um largo sorriso para ele.

— Vai depender de mim? — Ticão refletiu tentando entender o sentido da frase. — Explique melhor.

— Depois dessa nossa conversa, pretendo colocar um ponto final nessa história e seguir em frente, alegre e feliz.
— E o que eu tenho a ver com isso? — perguntou ele. — Você quer saber quem matou elas, ótimo. Mas eu não estou nem aí. Até gostava da Marilza, mas faz parte do jogo, às vezes se ganha, às vezes se perde, ela perdeu, vida que segue.
— Eu não quero saber quem matou, eu sei. E isso tem a ver com você.
— Comigo? Você está insinuando que eu sou o assassino?
— Sim, você é o culpado.
— Olha só, o papo está muito interessante, mas eu tenho mais o que fazer. Portanto, vamos parar com essa palhaçada. Você me chamou aqui para ficar falando essas maluquices? Dá um tempo, preciso voltar aos meus negócios.
— Acho que você não entendeu. Vou tentar ser mais clara, eu preciso de você para dar uma solução para esse caso.
— Como assim? Continuo sem entender, e você já está começando a me irritar — falou o policial, passando a mão pela cintura, onde estava a arma.
— Está bem, chega de enrolação e vamos direto ao ponto. Eu tenho a solução para o caso, e essa solução é você, Ticão. Você matou todas elas.
— O quê? — o policial deu um berro.
Passados alguns segundos, começou a rir. Foi uma risada tão forte e contagiante que a própria mulher também riu.
— Agora chega, já cansei da brincadeira — era Ticão quem continuava a falar, só que agora com a arma na mão. — Vamos parar de conversa fiada. Vai falando o que você sabe ou a coisa vai ficar complicada para o seu lado. O pessoal da Homicídios está no meu encalço, então, se você sabe, me fale agora e vamos resolver isso, assim esses caras largam do meu pé.

— Calma, Ticão, não precisa ficar nervoso, vim aqui tratar de negócios com você.

— De que tipo de negócio você quer tratar?

— A questão é muito simples, a morte delas trouxe prejuízo para todos nós. Estamos todos perdendo com isso. Então, minha proposta é trabalharmos juntos para entregar uma solução para a polícia, aí tudo volta ao normal. O que você acha?

— Entregar uma solução para a polícia? O que você quer dizer com isso?

— Uma série de crimes como essa é ruim para todos, a imprensa cai em cima, faz barulho em torno do caso, a polícia fica pressionada, vai em cima de todos que aparecem na história. É ruim para todo mundo. Se entregarmos um culpado, tudo se resolve, a vida volta ao normal, e todos seguem felizes ou quase todos.

— Bem, pelo jeito você não sabe quem é o assassino, então precisa de mim para criar um culpado e entregar para a polícia, estou certo? — perguntou ele.

— Na verdade, eu sei quem é o culpado por essas mortes, mas não posso entregar essa pessoa, aí é que preciso da sua ajuda — respondeu ela.

— Essa conversa está ficando complicada, mas continue, agora confesso que estou curioso para ouvir o que você tem a dizer — falou ele.

— Ok. Não há nada de complicado nessa história. Eu matei as três, só que não pretendo me entregar para a polícia, por isso preciso arranjar um "culpado".

Ticão encarou a mulher nos olhos. Uma fagulha acendeu em sua mente, e ele ficou em alerta, pois alguma coisa estava errada nessa história.

— O que você precisa de mim?

— Preciso de um culpado, já disse.

— E você quer que eu arrume um culpado? Olha, essas mortes atrapalharam completamente os meus negócios, o vereador está puto da vida comigo por causa dessa confusão, e a polícia está no meu pé. Já tenho problemas demais para resolver, não vou me preocupar com os seus. Aliás, se você matou elas, você é que está me causando problemas. Portanto, vamos resolver esse caso agora.

— Você continua sem entender. Eu preciso de você para resolver esse caso.

— E por que você precisa de mim? — esbravejou ele.

— Simples, porque você será o culpado. Já falei isso. Qual parte você não entendeu?

Tudo esclarecido

Depois de uma pausa para refletir sobre o que acabara de ouvir, Ticão voltou a falar, agora apontando a arma para a mulher.

— Olha, eu não sei exatamente o que você quer com tudo isso, mas acho que você enlouqueceu, deve estar cheirando muita cocaína. Você me chama aqui, diz que matou as prostitutas e que vai me culpar pelas mortes!

— Isso, agora você entendeu.

— Não sei se você notou, mas estamos nós dois aqui, e eu estou armado — falou ele, mostrando a arma para a mulher.

— Como você pretende me convencer de que eu devo assumir a culpa por essa cagada que você arrumou? Aliás, antes de responder, me dê um único motivo para eu não enfiar uma bala na sua cara.

— Eu sou o motivo. Então é melhor você não se mexer.

A voz vinda das suas costas surpreendeu o policial. Pela experiência que tinha, sabia que o barulho que acabara de ouvir era de uma arma sendo engatilhada. Por isso manteve-se parado, não se virou para ver quem era, nem precisava, reconhecer a voz de imediato.

— Pensei que você estivesse morto, Paulette — Ticão se virou bem lentamente para confirmar se a travesti estava realmente armada.

— Não estou morto e trate de colocar a arma no chão.

Ticão obedeceu.

— Chute a arma para longe. Isso. Agora coloque as mãos na cabeça. Muito bem, estamos começando a nos entender.

Depois de fazer o que Paulette estava mandando, Ticão virou-se para a mulher.

— Então, dá pra explicar tudo isso, Diana?

— Claro. Tudo é muito simples, estamos cuidando dos nossos negócios — falou ela.

— Negócios? — perguntou Ticão.

— Isso, Ticão, negócios. Você cuidava dos seus negócios com a prostituição e as festinhas dos garotos. Nós cuidávamos dos nossos negócios, vendendo drogas para os garotos, para as meninas e para outros lá em Copacabana.

— Vocês? Então eram vocês que andavam vendendo cocaína para aqueles moleques?

— Isso, meu lindo. Tínhamos arrumado um ótimo fornecedor e estávamos indo bem até a Virginia resolver se intrometer.

— Como assim? — Ticão estava interessado na história, mas também precisava de tempo para pensar no que fazer.

— Ela percebeu a jogada e queria fazer parte do negócio. Mas não tinha espaço para mais ninguém na nossa sociedade. Então precisamos resolver o problema.

— E mataram ela?

— Isso, simples assim.
— E a Marilza?
— Não tivemos como evitar. A Virginia contou para ela. Você conhecia a Marilza, ela não topava essa história de drogas, então veio nos pressionar. Estava com raiva, pois estávamos vendendo para as meninas. Ela era totalmente contra isso.
— Mas vocês não eram muito amigas dela?
— Claro que sim. Conversamos muito com ela, para fazê-la enxergar que aquilo era apenas um negócio. Tudo podia ter terminado bem, mas ocorreu um probleminha.
— Que probleminha?
— A Virginia. Ela estava enlouquecida com essa história, queria participar do negócio de qualquer jeito. Queria o dinheiro e a droga.
— Então vocês mataram a Virginia?
— Fomos obrigados — quem falava agora era Paulette.
— A ambição é um problema sério — emendou Diana.
— Aproveitamos que a Marilza ia estar fora por uns dias e marcamos aquele encontro com a Virginia. Fingimos que estávamos concordando com a participação dela no nosso negócio. Propusemos um brinde com vinho, no estilo do que os garotos faziam. Ela acreditou na gente. Aí ficou fácil.
— E a Marilza? Como enganaram ela?
— Confesso que foi muito complicado — falou Diana.
— Ela já estava na bronca conosco por causa das drogas, então, quando a Virginia apareceu morta, ela veio pra cima da gente com tudo.
— E como você enganou ela? A Marilza era esperta.
— Você está muito interessado na nossa história, Ticão.
— Claro, se você quer me culpar por tudo, acho que tenho o direito de saber o que aconteceu.

— É, acho que você tem razão. O último pedido de um condenado. Vou lhe contar — continuou Diana, que a essa altura estava com a arma de Ticão na mão. — Quando ela veio pra cima da gente, nós culpamos você, precisávamos de um bode expiatório. Aí que surgiu a ideia de colocar a culpa em você, que já estava de olho na história das drogas, não queria isso circulando nas festinhas dos garotos, então também estava atrapalhando nossos planos. Chegamos à conclusão de que a melhor solução era matar a Marilza, culpar você e ficaríamos numa boa, dominando a venda de drogas entre as prostitutas e seus clientes. Precisei de todo o meu talento de atriz para convencer a Marilza de que você tinha assumido o negócio das drogas e tinha matado a Virginia.

— E ela acreditou em você...

— Sim. O clima que criamos na morte da Virginia, com o vinho e tudo o mais, fez ela se convencer de que você e os moleques é que tinham matado a Virginia. Então selamos um pacto para pegar você e brindamos à sua derrota, com vinho.

— E o brinde foi a derrota da Marilza — ponderou Ticão.

— Sim, foi a derrota dela, mas também a sua. Afinal de contas, nós não podíamos deixar de cumprir o pacto de pegar você. E aqui estamos, prestes a completar o serviço.

— E a Marcelle? — perguntou Ticão, procurando estender a conversa.

— Outra gananciosa, que queria se meter nos nossos negócios — esclareceu Diana.

— Posso saber o que vocês vão fazer, agora? Você acha que vai me entregar à polícia e eu vou confessar esses crimes para livrar a cara de vocês dois?

— Na verdade, pensamos em entregar você para a polícia sim. Mas não do jeito que está pensando.

Os instintos de Ticão estavam dizendo que a situação era muito grave. Ele já tinha ganhado tempo; Diana, movida pela vaidade, estava gostando de contar toda a história, demonstrando a sua esperteza, mas ele precisava agir, e rápido.

— E como você pretende me entregar para a polícia?

— Na verdade eu não diria que vamos entregar você. Mas pretendemos deixar você aqui para que a polícia encontre seu corpo. O que você acha que o delegado vai pensar se encontrar você aqui, nessa casa, morto com um tiro da sua própria arma?

— Ele provavelmente vai pensar em algumas soluções, mas com certeza não vai desconfiar de você.

— Bingo, garoto esperto. Viu como você vai nos ajudar?

— E o Paulette? Não vai poder voltar, não é verdade? — falou ele, que tinha reparado que Paulette não estava vestido como mulher, mas como homem.

— É verdade. Por enquanto vou ficar assim, disfarçado — falou ele rindo. — Até que o tempo passe e possamos planejar com mais calma o que fazer. O importante é que ninguém desconfie da gente e possamos seguir tranquilas com o nosso negócio.

— Muito bem — falou Diana. — Agora já demos todas as explicações, você já sabe de tudo, o que acho justo, pelo menos você sabe por que está morrendo. Vai morrer para nos salvar, muito nobre isso.

Diana deu um passo à frente, mas teve o cuidado para manter distância de Ticão. Sabia que o policial era ágil e rápido, não podia se descuidar com ele.

— Você acha que consegue me acertar dessa distância?

— Bem, são dois para atirar, acho que conseguimos.

— Se Paulette me acertar, vão encontrar uma bala no meu corpo que não será da minha arma... — Ticão deixou a frase no ar.

— Pode ficar tranquilo, eu não vou errar — falou ela, apontando a arma para o policial. — Você tem mais alguma coisa a dizer, antes de morrer?

Um filme passou pela cabeça de Ticão. Já estivera em situações de risco, escapara da morte algumas vezes em sua vida de policial, mas nada que se comparasse com o que estava vivendo agora. Seus pensamentos foram interrompidos por uma voz.

— Ele pode não ter o que dizer, mas eu tenho.

A voz pegou Diana e Paulette de surpresa. Era o delegado Luciano e os demais policiais, eram seis no total, todos apontando armas para eles.

— O jogo acabou para vocês, abaixem as armas — falou o delegado Felipe.

— Acho que não posso mais ajudar você, Diana — provocou Ticão, soltando um sorriso.

Nesse momento a arma de Diana disparou, acertando o policial. No mesmo momento Luciano, que estava mais próximo dela, atirou no braço da mulher. Após os disparos, Paulette largou a arma e levantou as mãos.

CASO ENCERRADO

Depois da chegada das ambulâncias, Ticão foi removido para o hospital. O tiro havia atingido o ombro. A médica garantiu que ele não corria risco de morte, mas precisaria fazer uma cirurgia para retirar a bala e verificar o dano. Paulette foi detida em flagrante e encaminhada para a delegacia.

Diana foi atendida ali mesmo, antes de ser presa. O tiro de Luciano pegou de raspão, mas foi o suficiente para fazê-la largar a arma. Ela estava na ambulância quando Luciano se aproximou dela.

— Então tudo não passou de venda de cocaína?

— É, delegado, a vida é dura. O senhor não sabe o que é cair nessa vida de prostituição. Se você tem uma chance, tem que agarrá-la. Foi o que eu fiz.

— Mesmo que isso custasse várias vidas, inclusive da Marilza, sua amiga?

— Nessa vida não temos amigos, delegado, temos concorrentes. Na verdade, eu não queria machucar a Marilza, mas ela não me deixou outra opção, ela ia acabar nos denunciando assim que percebesse que o Ticão não era o culpado.

— Você jogou um jogo muito arriscado, inclusive conosco.

— Eu lamento, delegado. Você é um cara legal, se preocupa com as pessoas, mas eu precisava me aproximar de você, isso me colocaria longe de suspeitas. Aliás, como chegaram até aqui?

— O seu jogo era arriscado, e seu erro foi se aproximar de mim. Fiquei realmente preocupado com você, então deixei os rapazes vigiando você e o Ticão. Só que fiquei com medo da sua reação ao saber que estava sendo vigiada, então preferi não falar nada. Você veio pra cá sem saber que estava sendo seguida. E, depois do sumiço do Paulette, quebramos o sigilo telefônico dele e encontramos várias ligações entre vocês quando ele já estava desaparecido e depois do aparecimento do corpo carbonizado, o que era muito sugestivo, não acha?

— É, delegado, nosso plano era bom, mas não funcionou. Você ganhou essa.

— Você acha mesmo que eu ganhei? Três pessoas perderam a vida e não pude evitar. Onde está a vitória?

Luciano se afastou e fez um sinal aos policiais que acompanhavam Diana para que a levassem até a delegacia.

A ÚLTIMA CONVERSA

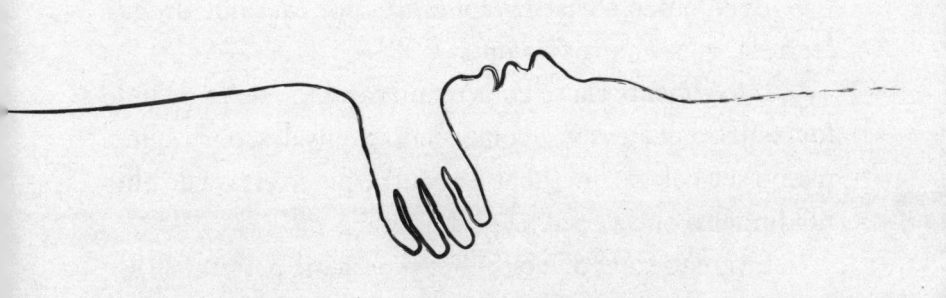

— Caso encerrado — falou o delegado Felipe, se aproximando de Luciano.

— É, delegado, caso encerrado. Amanhã cedo coloco o relatório na sua mesa — comentou Luciano.

— Relaxa, o importante é que o caso está resolvido. Vai para casa descansar um pouco. Amanhã você faz o relatório — retrucou o titular.

— Tudo bem. Vou aproveitar a tarde de folga e vou visitar uma pessoa.

— Vai lá. Eles podem cuidar de tudo aqui.

Luciano deixou o local, pegando carona numa viatura de volta para a delegacia. Lá pegou o carro e se dirigiu para o centro da cidade. Chegando lá foi direto para o tribunal encontrar a juíza Débora.

— Como vai, delegado? — perguntou ela.

— Bem, e a senhora?

— Bem, na medida do possível.

— Eu fiz questão de vir até aqui para lhe dizer que encontramos o assassino e para lhe fazer uma pergunta.
— Encontraram?
— Sim. — Luciano narrou toda a história para a juíza, que ouviu em silêncio.
— Bem, então a Marilza foi morta por causa de drogas, logo ela, que sempre foi contra.
— Infelizmente ela se colocou no caminho deles quando foi contra o que estava acontecendo e quis descobrir quem matou sua colega, que, aliás, era outra que só estava de olho no dinheiro que a cocaína podia gerar.
— É verdade... O que o senhor queria me perguntar?
— Como eu disse, chegamos até a Diana cruzando várias informações e tomando várias providências, uma delas foi quebrar diversos sigilos telefônicos, incluindo o do Paulette. Quando fizemos isso, encontramos várias ligações suas para ele. Gostaria de saber qual a explicação para isso.

A juíza contraiu os músculos da face, a expressão era de dor, mas não uma dor física, era uma dor de alma.
— Delegado, Paulette era meu primo, nós fomos vizinhos na infância, fomos criados juntos. Depois crescemos, e vida se encarregou de nos separar. Quando conheci a Marilza, acabei reencontrando o Paulette e voltamos a nos falar. Mas não tinha a menor ideia de que ele estava participando desse jogo sujo e que teria coragem de fazer isso com a Marilza, ainda mais sabendo da nossa relação. Achei que ele gostasse realmente dela.
— Infelizmente, excelência, ele resolveu participar de um jogo que era de cartas marcadas. Só que ele acabou perdendo, assim como a Diana.

— Acho que, no fundo, todos nós perdemos, delegado — falou a mulher.

— É verdade, a senhora tem toda a razão. Muito obrigado por tudo e desejo muita sorte para a senhora. Soube que sua indicação vai sair.

— Obrigada. É verdade, está tudo certo para minha indicação para um Tribunal Superior, em Brasília. Sorte no trabalho, azar no amor — dizendo isso, ela baixou a cabeça.

Luciano se despediu apertando a mão da juíza e saiu da sala, deixando atrás de si uma mulher dividida entre as perdas e os ganhos da vida.

FIM

Esta obra foi composta em Minion Pro 11,6 pt e impressa em papel Polen Natural 80 g/m² pela gráfica Paym.